惡役伯爵調教日記

The Villain Earl's Discipline Diary

福斯特・法蒂娜

「那些傷害過我姐姐的人，
我一個都不會放過。」

曾經是個爛漫天真的少女，
但在姐姐遇害之後，一夜白髮，性格大變。
脾氣惡劣，凡事以自我為中心，
對於阻礙自己的人事物都極度厭惡。

惡役伯爵調教日記

The Villain Earl's Discipline Diary

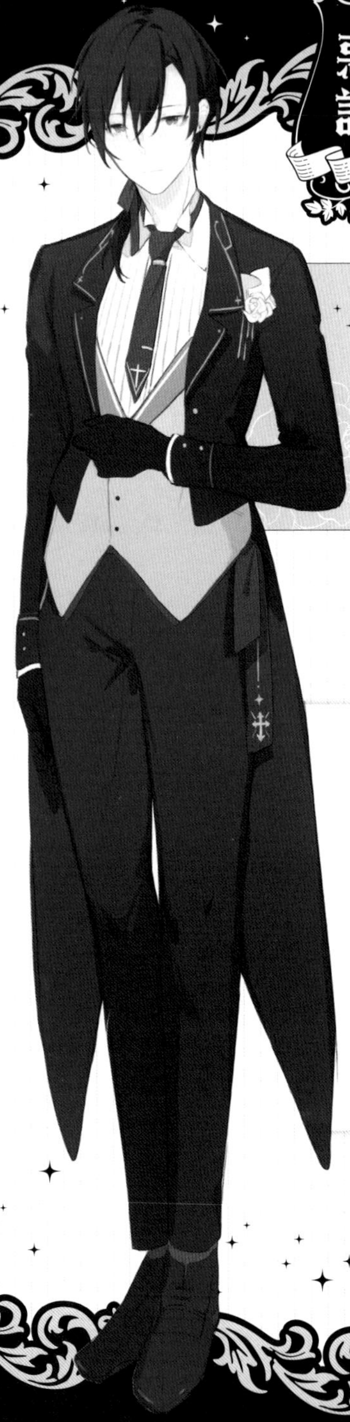

黑格爾

「法蒂娜大人，只要是有關您的事情，屬下什麼都知道喔。」

病嬌的跟蹤型人格，凡是關於法蒂娜大人的事情都掌握得一清二楚。
非常依附著法蒂娜，倘若法蒂娜否定自己的作為就會陷入陰沉的情緒之中。

GOBOOKS
& SITAK
GROUP©

GOBOOKS
& SITAK
GROUP©

三日月書版

三日月書版

帝柳
illust. 深雪
惡役伯爵調教日記
The Villain Earl's Discipline Diary
volum
1
輕世代
FW337
三日月書版

惡役伯爵
調教日記
The Villain Earl's Discipline Diary

CONTENTS

The Villain Earl's
Discipline Diary

序幕

於亞弗公國，天氣晴，蘭提斯曆二〇九九年十一月二十二日。

這是觀察「那位美麗尊貴的大人」第一百零一天的日誌。

啊，請容許我用這種方式記錄下您每一天的美好。

今天早上做了一個很懷念的夢。

一個曾經的美夢。

美麗而尊貴的大人在成年之前的稚嫩模樣，至今我仍未忘懷，但也無從比較出哪一時期的您最為美麗。

在我眼裡，您時時刻刻都是最好、最完美的一面，這一點無庸置疑。

孩提時期的您，曾經是那樣純潔無瑕。

一頭烏黑亮麗的長髮綁成兩條辮子，水靈澄澈的赤色眼眸，彷彿隨時能於瞳孔之中窺見您閃爍的光輝。略微圓潤的臉龐，總是帶著一點蘋果般的紅潤，還有那笑口常開的粉嫩櫻桃小嘴，也格外可愛誘人。

那時候的您啊，個性也和外表一樣相稱。

可愛單純，心地善良。儘管您的身分地位是如此高貴，但在路邊遇見平民老嘔時，您仍會毫不猶豫地上前攙扶；看見臉上沾滿鼻涕的哭泣孩童時，您也會立刻拿出絲綢手帕，替孩子擦去涕淚，溫柔安撫。

啊，美麗尊貴的大人啊，過去的您是如此地良善、如此地純真，宛如一張白紙，讓我忍不住想用這雙手——

冷靜，克制，這樣有違身為福斯特家族管家的禮儀和身分，請原諒我，美麗尊貴的大人。

我只是特別想用日誌寫下來，好在日後重新品味您當初如春日新生花朵的美好。

身為一名稱職的貼身管家，我十分清楚地記得，曾經如白色百合花般純潔無瑕的您。

但在您十三歲那一年之後，這樣的您就只能於夢境中偶爾回味了。

是的，法蒂娜大人，只要是與您相關的事情我都知道。

因為我的雙眼只為追尋您的身影而存在。

隨時都關注著您的黑格爾筆

The Villain Earl's
Discipline Diary

第一章

Ｌ５能源高峰會議。

這是蘭提斯大陸五個具有一定程度政經和軍事地位的國家，各別派出政要代表，出席討論動力能源的國際大型會議。

今年Ｌ５的開會地點選在獅子心共和國，一個被蘭提斯大陸上所有人民公認最強盛的國家。而開會地點，就位於獅子心共和國的「奧爾紀念館」。

奧爾紀念館的建築相當氣派宏偉，簡約的白色大理石線條隱約散發出莊嚴肅穆。這棟座落於偌大茵綠草坪上的紀念館，平日就有許多來自各國的遊客前來參觀，今日更是聚集了洶湧的人潮，只為一睹來自世界各國政要代表的尊容。

除了想一睹名流風采的民眾，也有不少舉牌抗議的民運人士，他們在警方重重人牆的守備下，基本上只能在外圍吆喝吶喊。

隨著時間一分一秒地過去，來自世界各國的代表紛紛現身，這其中最大的「嬌」點，正是亞弗公國的新任女伯爵——福斯特．法蒂娜。

福斯特．法蒂娜之所以成為這場能源高峰會的矚目焦點，除了她是代表名單上唯一女性外，更是因為她無人不知無人不曉的豔名。

在這種情況下，身為法蒂娜貼身隨從兼管家的黑格爾心情十分地不愉悅。

理由很簡單。

他尊貴美麗的法蒂娜大人豈能讓那麼多人窺見豔麗的真容！

除此之外，他還得比平時更加繃緊神經，保護法蒂娜大人不遭受到任何傷害與意外。

「該登場了，黑格爾。」一道高冷的女性嗓音從前方傳來。

「是，法蒂娜大人。」

「錯，在公開場合要稱呼我為『伯爵大人』。再叫錯一次，回去罰你挨鞭子。」

「遵命，伯爵大人。」

被糾正之後黑格爾立刻改口，提高音量恭敬地回應對方。前方比一般女性還要高一些的倩影沒有再多說什麼，她邁開穿著黑色長筒軍靴的修長雙腿，在通往奧爾紀念館的紅毯上優雅前進。

在黑格爾眼中，美麗尊貴的法蒂娜大人擁有一對傲人豐滿的胸部和曼妙的身體曲線，大多數時間都身穿筆挺軍服，搭配上長筒軍靴。而今天參加能源會議，也是一身颯爽的打扮。披散在身後、隱約散發光輝的白色長髮隨著她的步伐微微擺動，一對炯炯有神卻帶著冷酷緋色的雙眸直直地盯著前方。尊貴美麗的法蒂娜大人不管何時目光都十分堅定，能清楚知曉自己前進的方向。

在大道的紅毯上，他們經過一名圍觀的老婦人身邊，老婦人朝法蒂娜伸出手，希望法蒂娜能跟其他代表一樣慰問她，並給她一個擁抱。

但法蒂娜選擇無視，繼續向紅毯前方邁進。

經過另一名傻乎乎笑著、掛著鼻涕的小男孩面前時，男孩用力地擤了擤鼻涕，以為法蒂娜會跟其他代表一樣上前關懷自己，並替自己擦拭臉頰。

但法蒂娜選擇無視，繼續朝紅毯前方邁進。

顛覆一般人對政要名流的印象，但這卻是法蒂娜的最高準則——不表現任何虛假的慈愛，不給予任何虛偽的憐憫。

對現在已然十八歲的法蒂娜來說，真正值得憐憫和伸出手的人早已不在了。

即使旁人對法蒂娜方才的行為議論紛紛，黑格爾卻已經習慣，只是回想起昨晚做的那個夢，十三歲之前的法蒂娜大人和現在一比簡直天差地遠。

十三歲之前和十八歲的現在，就像是實驗的對照組，表現出強烈又鮮明的反差。

儘管黑格爾多少會想念當時的法蒂娜大人，但此刻並不是讓他有閒情思念的時候。

那些抗議的群眾，以及可能隱藏在暗處敵人，或者是意圖不明的恐怖分子，這些都是黑格爾必須替法蒂娜大人注意防備的人物。

雖然亞弗公國算是貴族階級制度相對沒有那麼嚴格的國家，但在獅子心共和國內，仍有許多反對封建制度的激進派。

和其他代表不同，法蒂娜大人沒有人數眾多的保鑣，僅僅只讓黑格爾一人隨同，這也意味著黑格爾肩上的擔子更為沉重。

不能出半點紕漏，這是黑格爾不斷提醒自己的一句話。

「獅子心共和國的走狗！」

「宰相的奴隸們！」

「解放萬歲！」

就在這時，三名突如其來的黑衣殺手闖入紅毯大道，出其不備地朝法蒂娜的方向攻了過去。

黑格爾眉頭一皺，一個轉身，立刻身手矯健地擒住一名殺手，果斷又精準地朝對方後頸用力一劈，當場解決一名目標。

隨後又一個往後下腰，躲過第二名殺手襲來的鋒利軍刀，再轉而抓住對方的手，迅速借力使力將敵人往前一拉，狠狠肘擊對方的後腦勺。

至於最後一名目標，黑格爾率先用眼神鎖定他，在對方拿出暗藏的改造手槍之際，黑格爾立刻長腿一伸，瞬間抬舉將其踢飛。下一秒，趁對方動搖的空檔，直接攤開手掌使勁朝對方臉上一拍。

飽含痛楚的哀號聲響起，三名黑衣殺手瞬間被黑格爾解決乾淨。

「那個人好厲害，一眨眼就解決了三名殺手！」

「那當然，那個男人就是福斯特伯爵一直帶在身邊的執事兼保鑣——大名鼎鼎的黑格爾先生啊！」

「聽說他一個人就媲美一支小型軍隊？這麼看來傳聞搞不好是真的耶！」

在黑格爾完美擊退敵人後，旁邊圍觀的群眾都炸開了討論，紛紛將焦點集中在他的身上。

「重、點、是——他還長得很帥！呀，福斯特伯爵大人真是幸福，有這麼帥又厲害的管家服侍她！」一名少女捧著雙頰，興奮羨慕地搖頭尖叫著，她旁邊的女性同儕也全都一致地猛點頭。

在她們眼中，身為福斯特伯爵的管家兼貼身保鑣的黑格爾，擁有烏黑的髮色，後腦勺束著一撮短馬尾，上面繫著天鵝絨的酒紅色綁帶。蒼白的面容總帶著一點憔悴的黑眼圈，看起來反而有點煙燻妝的效果，意外讓黑格爾的輪廓更加深邃。

紫羅蘭如寶石般的眼眸和英俊的五官，但由於臉色太過白皙，總讓人覺得少了點活人的氣息，而更像是吸血鬼的感覺。

黑格爾一如既往穿著福斯特家族管家的黑色燕尾服，沒有因為今天出席重要會議而多加武裝防備。他身上引人注目的還有那一雙手，上面穿戴著的黑色皮手套，似乎和一般管家所配戴的白色手套不同。

不過，有一點倒是可以證明他是一名做事嚴謹且注意整潔的管家，他的尖頭雕花皮鞋即便剛剛經歷了一場戰鬥，卻絲毫沒有沾上半點髒汙，一直維持著光亮和整潔。

雖然在名氣上，黑格爾遠不如自己的主人法蒂娜，但現場也有為數不少的女性是為了一睹黑格爾風采而來。

正當黑格爾準備回過身，像什麼事都沒發生過一般，雲淡風輕地跟著法蒂娜繼續往前走時，忽然又有一道身影強勢闖入。

這回，黑影直接忽視黑格爾，轉而從旁朝法蒂娜襲擊而去。

黑格爾一看，竟是他方才沒注意到的漏網之魚，眼看黑衣殺手就要將刀揮向法蒂娜之際——

「雜魚。」

低沉的聲音突然響起，圍觀群眾都還沒反應過來，法蒂娜已面無表情地將殺手擒住，用一個標準的過肩摔將他迅速制伏。

現場一片鴉雀無聲，過了幾秒鐘後才出現一陣譁然。

法蒂娜臉上的表情依然沒有改變，她不為所動地轉過身，繼續步伐堅定地踏在紅毯上。

「好、好帥。」其中一名圍觀的女性愣愣地呢喃著。

再過了一會，女性群眾們群情激昂的尖叫聲就蓋過了所有聲音，她們劃破雲霄似地齊聲大喊：「法蒂娜大人！法蒂娜大人我們愛妳啊啊啊——」

在這激動的支持吶喊聲之下，福斯特．法蒂娜以及她的貼身管家兼護衛黑格爾，這對主從的身影依然故我地走進會場，最終消失在眾人的視線之中。

「真是累死我了，一群沒用的年邁廢物。」

L5能源高峰會議一結束，回到福斯特古堡的法蒂娜立刻將長筒軍靴一脫，光裸著白皙的雙足坐在寬敞的大椅子上。

那是她最愛的座椅，上頭鋪張著一塊獵豹花紋的皮草，沒人知道那究竟是不是真的，但法蒂娜就是喜歡它浮誇又霸氣的花紋。

「法蒂娜大人您辛苦了，那些人確實吃相難看，為了瓜分能源實在是醜態百出。不過，這就更加突顯了您的尊貴美麗。」

黑格爾替法蒂娜準備了熱呼呼的茶飲，隨後恭敬地端呈上來：「請用，裡面特別放了能夠安定心神的香料，應該能讓您舒心一些。」

「嗯，不過我也要稍微修正一下剛剛的那句話——那群老男人裡也不全都是廢物。」

法蒂娜接過熱茶，輕輕啜了一口。

「您是指獅子心共和國的宰相，本次會議的主持人『赫滅』吧？」黑格爾手持茶壺，隨時準備再替法蒂娜斟上新的熱茶，一邊低頭問道。

「就是那傢伙。那個男人不是廢物，反而更像是——魔物。」法蒂娜臉色一沉，壓低嗓音，這讓平時本就嚴肅冷酷的臉，看起來更為肅殺。

「真是意外，您居然會用『魔物』來形容那個人。看來，獅子心共和國的宰相不是簡單的人物呢。」黑格爾雙眼微微睜大地看著法蒂娜，有點訝異地回應。

「我也說不上為什麼，那傢伙之所以能夠把持整個獅子心共和國，並將國家領導得如此強大，肯定有兩把刷子。只是，我就是覺得那個宰相讓人很不舒服。」

「這麼說來，您打算將他列入『清單』之中嗎？」

「哼，我幹嘛沒事又多找一個人列入『清單』，你以為我很閒嗎？『清單』裡羅列著什麼樣的人你又不是不知道。赫滅那頭老狐狸就算再怎麼礙眼，我也懶得理他。」法蒂娜皺了皺眉頭，沒好氣地聳了一下肩膀。

「這倒也是。抱歉，是我失禮了，法蒂娜大人。」

黑格爾將手中的茶壺輕輕放在桌面上，向法蒂娜鞠躬致歉。

「既然知錯，那我要你補償我。」法蒂娜嘴角微微勾起，露出帶點壞心的邪氣笑容。

「法蒂娜大人想要屬下補償什麼呢？」

「明天的早餐，把蘋果削成獅子的樣子吧。」

「這……」

正當黑格爾稍稍面有難色時，法蒂娜馬上瞇起眼睛回應：「怎麼？別跟我說你做不到，福斯特的管家就只有這樣的水準而已嗎？」

「不，一切如您所願，法蒂娜大人。」

「很好，記得是獅子喔，如果削成貓咪我就揍你。」聽到黑格爾肯定的答覆後，法蒂娜滿意地笑了。

「其實，就算要削成貓咪也不容易啊……」

「還在那邊嘀嘀咕咕什麼呢？」再次打斷黑格爾的話，法蒂娜給了對方一記冷冽的瞪視。

「我什麼都沒說，法蒂娜大人。」

黑格爾馬上低下頭，不敢再說多餘的話。服侍法蒂娜大人這麼多年以來，他一直很清楚法蒂娜大人的底線。

就像他也十分明白，法蒂娜大人對於「清單」的絕對執著。

「你懂就好。」法蒂娜的嘴角微微往上一扯，隨後便走進自己的書房。

推開木製的門扉，門扇上滿是歲月斑駁的痕跡，其實不只是這扇門，整棟福斯特古堡都是如此。時間在這座偌大的、盤踞在翠綠莊園裡的建築物身上，鑿下了歲月的痕跡。

福斯特古堡雖然外形氣派莊嚴，但住在這裡的人——法蒂娜和黑格爾都知道，這裡已是福斯特家族眼中的廢棄之地。

福斯特家族人數眾多，在亞弗公國裡是一大貴族，然而大多數的人卻並不服從法蒂娜這位新任的女伯爵殿下。明明是合法的繼承人，福斯特家族卻只給她這座早已年邁的古堡當作住所，而法蒂娜卻十分清楚自己為何會遭受如此待遇。

「姐姐……」

法蒂娜坐到書桌前，拿起放在桌上的相框，深深地注視著照片裡與自己長相有幾分神似的女子。

照片中裡的女子年輕貌美，正值最美好的年華，她的笑容燦爛溫柔，彷彿是冬日裡的暖陽照耀著大地。女子一手輕壓寬大的圓帽帽沿，笑看著鏡頭，被捕捉下美麗的倩影。

明明相片中的女子笑得這般開朗，凝視照片之人卻神色凝重，甚至帶著幾分哀戚。

「法芙娜姐姐，我向妳發誓，時機已然成熟，我一定會把『清單』上的人仔細審查一遍。」法蒂娜握緊相框，另一手握成拳狀，她眉頭深鎖，聲音低沉，甚至激動到有些顫動，「我絕對不會放過殺害妳的凶手。」

照片中的女子，她的姐姐法芙娜，本來才是福斯特伯爵的正統繼承人。但她卻在法蒂娜十三歲那一年香消玉殞。

法蒂娜作為亞弗公國的伯爵次女，和近乎十全十美的法芙娜完全相反，本來是沒有權利繼承伯爵的頭銜。她從小就跟姐姐感情相當好，雙親過世後，只剩下姐妹相依為命，因此法芙娜對法蒂娜而言不僅是世上最後一個親人，亦是她生命中最重要的人。

她曾經是一個清純無辜、天真爛漫的少女，倘若沒有十三歲那年的事件。

法蒂娜握著相框，閉上雙眼，反覆回憶那起事件是她每天都要做的功課。但與其說是「功課」，那更像是揮之不去的、難以抹滅的惡夢。

她喘著氣，雙腿在冰天雪地中艱辛地奔跑著。

黑髮少女束起的長髮被風吹得有些凌亂，雪白的雙頰被凍出病態的緋紅，鼻頭更是泛著異樣的紅色。

身上的防寒衣物並不夠厚實，顯然她是臨時從溫暖的房內跑出來，她不斷地跑著，想跑到前方的大屋子裡去。

「呼、呼呼……姐姐……法芙娜姐姐……」

或許是少女跑得太過拚命，一個不小心就「撲通」一聲跌倒在雪地裡。

「好痛……」

痛楚讓少女的表情扭曲起來，但她還是迅速地爬起身，也不管膝蓋上的傷口和雪漬，又再次一跛一跛地跑向前方的建築。

「姐姐——」

好不容易抵達屋子，來到大廳中的少女焦急地大喊，隨後前方一群大人便聞聲轉過頭來。

有的人神色哀戚，有的人一臉不忍，也有的人皺起眉頭流露出嚴肅的表情，他們都知道這個吶喊的人是誰。

「法蒂娜……妳怎麼過來了？這裡不是妳該來的地方……」其中一名年長的婦人一臉同情地對著法蒂娜說道。

「別讓她過來，小孩子看到了會受到影響的。」婦人旁邊的中年男子警戒地對著婦人說道。

「但如果什麼都不讓她知道的話，是不是太可憐了？畢竟這是她的姐姐……」另一名中年少婦揪著胸口問道，說完便忍不住搖頭嘆氣。

「姐姐到底怎麼了！讓開！讓開！我要見我姐姐！」

與其一直聽眾人議論紛紛讓自己更為不安，法蒂娜索性衝上前，鑽入人群的空隙中，來到一具棺材面前。

這一刻，真相揭曉。

「法芙娜……姐姐？」

雙手抓著冷冰的棺材邊緣，法蒂娜的瞳孔微微收縮，聲音顫抖。映入眼簾的景象，竟是雙手交疊躺在白色棺木裡的姐姐法芙娜。

法芙娜宛如熟睡著的公主，只是沒有童話裡的王子可以將她吻醒，她的臉色蒼白，四肢僵硬，雖然穿著厚實精緻的洋裝，卻讓人感受不到半點溫度。

好冷冰——

法蒂娜的心彷彿也跟著一起死去似地迅速變冷。

她是難過的，極為難過的。

然而，她卻掉不下一滴眼淚。

她難過得整顆心都揪在一起。

好痛，好痛……可是她的身體卻沒有任何反應。

為什麼？

為什麼她最親愛的姐姐會變成這樣？

那個擁有最溫暖笑容的法芙娜姐姐，為什麼會變成冷冰冰的屍體？

當福斯特家族裡的成員，或憐憫或無奈地看著法蒂娜時，只有一名穿著黑色燕尾服的少年默默地遞上手帕。

接過手帕的時候，法蒂娜的淚水終於忍不住潰堤，崩潰地大哭起來。

不知道宣洩了多久，等法蒂娜平靜下來後才得知，法芙娜的屍體被發現時，已經是兩天前的事。

根據法醫的鑑定，法芙娜應該是死於他殺，死因是被勒住頸子窒息而亡，且身體上有一處不自然的現象。

在入棺之前，根據最早目擊者的描述，法芙娜的右手呈現握緊拳頭的狀態。

除此之外，法醫也提到，法芙娜的手握得非常緊，就好像必須緊握住什麼一樣。

「黑格爾，告訴我，你當時也聽見那些大人說的話了吧？姐姐的手裡……是不是有什麼東西？」

剛從打擊中稍稍恢復過來，法蒂娜回到自己的房間，坐在椅子上，身體裹著黑格爾找來的毛毯，手裡拿著盛有熱牛奶的杯子。

「這……」被法蒂娜這麼一問，黑格爾面有難色地別過目光。

「別吞吞吐吐的，我想知道，拜託你告訴我吧，那可是攸關姐姐的事啊——」

法蒂娜心急地催問著黑格爾，無可奈何之下，黑格爾嘆了一口氣回道：「我確實聽到那些大人說，當初法醫鑑定時，在將法芙娜大人的拳頭攤開後，裡面握有一樣東西。」

「到底是什麼東西？快說！」越是聽下去，法蒂娜就越是急於得到答案，便再一次催促著黑格爾。

「稟告法蒂娜大人，聽說……是一撮頭髮。」

「一撮頭髮？那不就有可能是凶手的頭髮？這麼一來，是不是很快就能抓到殺害姐姐的犯人了？」聽到這裡，法蒂娜幾乎從椅子上跳了起來，驚訝地問向黑格爾。

只是黑格爾卻似乎有什麼難言之隱，吞吞吐吐沒有馬上回答。

「按常理來說，的確可能是凶手所有……但是……」

「到底怎麼了啊？黑格爾，你為什麼不能一鼓作氣把話說清楚呢？我現在真的沒有耐心跟你閒聊！」

「我、我知道了……請法蒂娜大人息怒……」

平時的法蒂娜大人雖然沒有法芙娜大人溫柔可人，但也純真可愛懂得禮數，黑格爾明白現在非同尋常，法蒂娜大人變得急躁也是情有可原。深吸一口氣後，黑格爾決定把自己所知道的一切都說出來。

「雖然法醫嘗試檢驗頭髮的ＤＮＡ，但最後不知道為什麼，我從那些大人們口中聽到的結果是——能當作證據的那撮頭髮似乎不見了。」

法蒂娜難以置信地睜大雙眼，過了好一會才愣愣地說：「不、不見了？那麼重要的證據，居然不見了？」

「是的，這是我聽到的說法。至少，法醫和調查人員是這樣宣稱的……」

「怎麼可能……這怎麼可能！這是騙人的……這一定是騙人的！」

法蒂娜手中的牛奶杯摔落在地，鏗然破碎，白色的液體連同杯子碎片濺了一地，如同法蒂娜的心一樣，再也無法恢復最初的原貌。

The Villain Earl's
Discipline Diary

第二章

節。

法蒂娜緩緩睜開雙眼，她每日都會在姐姐的照片前反覆回想當時的種種細

她絕不能忘卻那股憤怒。

姐姐的命案被處理得太過含糊籠統，甚至明顯有第三方勢力干涉其中。會讓法蒂娜這麼想的原因，不僅僅是重要的證據「被遺失」，更是因為福斯特家族的成員竟對外宣稱法芙娜是自謚而亡。

多麼可笑！

凡是見過法芙娜死狀的人都知道，她的姐姐根本不可能是「自殺」！

再說，法芙娜是她見過最樂觀溫暖又慈悲善良的人。

「那樣的姐姐，是絕對不可能自殺的……」法蒂娜不禁握緊拳頭，直視著相片，咬牙切齒地低聲喃喃自語。

這讓法蒂娜非常不能接受，她一直試圖要家族的人撤回聲明，姐姐絕對是他殺而並非自謚。然而，福斯特家族就像被下了封口令一般，始終不願再提及此事且保持沉默。

因此她很清楚，這背後一定是受到來自某一方施加的壓力，只是無論法蒂娜

怎麼詢問，如何旁敲側擊，又或者努力探聽，都沒有任何人願意透露。

法蒂娜心知這件事絕對不單純，姐姐的死肯定與什麼陰謀有關，很有可能是因為某種不為人知的理由而遭人滅口。

既然像姐姐一樣當個心地善良的人會遭遇如此毒手，那為了追查出真相、揪出幕後凶手，她絕對會不擇手段，就算被人認為陰險狡詐也絕不善罷甘休！

放下手中的相框，法蒂娜抬起頭來，面向擺在書桌上的一面小立鏡。

她看著鏡中的自己，稍稍側過頭，露出一頭醒目的雪白長髮。

在目睹了姐姐的悲劇之後，法蒂娜一夜白髮，也是從那一天起，她立下誓言，絕對要將殺害姐姐的凶手徹底擊潰，至死方休。

「等著我，姐姐。我一定會找出當年殺害妳的凶手，任何傷害過妳的人都必須得到制裁！」

說完，她再次斜眼將目光投向放在書桌另一邊的紙張上，那精緻的紙面上列舉著幾個名字。

日復一日，夜復一夜，在福斯特．法蒂娜胸中燃燒的復仇之火，終於要開始襲捲一切。

夜深人靜。

黑格爾站在書房外，透過門縫，悄然觀察了法蒂娜好一陣子。

彷彿細細地品味完法蒂娜的睡顏之後，黑格爾這才推開門，無聲地走入書房之中。

他先將懷裡的毛毯輕輕覆蓋在趴在書桌上、不知何時已然睡著的法蒂娜肩上。隨後，他看了一眼桌上堆疊散落的資料，那些都是能源高峰會後帶回來的各種書面報告。

上面除了密密麻麻的文字和圖表外，還有許多法蒂娜認真閱讀過、用紅筆圈起來的重點和筆記。

黑格爾比誰都清楚，他美麗尊貴的大人儘管身為名門望族，在福斯特家族中卻比一個資深管家還要來得孤立無援。

因此，她只能比一般人還要認真、還要努力，這樣才能替自己的姐姐洗刷冤屈。

看著陷入沉睡的法蒂娜，黑格爾有些心疼，他將手輕輕按在法蒂娜的肩膀上，捨不得移開。

在確認法蒂娜真的熟睡後，黑格爾做了一個大膽的決定。

他低下頭，趁著法蒂娜毫無防備的時候，在法蒂娜的額頭上印下一吻。

沒有過多停留，就像深怕會吵醒對方一樣，另一方面，也由於自己的行為已經踰矩了。

黑格爾是多麼希望，時光能永遠停留在方才吻落下的那一秒鐘。

讓美麗尊貴的法蒂娜大人永遠只屬於自己，不需要再和任何人分享她的美好，畢竟，他人覬覦窺探的視線總是令黑格爾感到不悅。

他一直隱忍著這份不悅，心中是多麼渴望全世界只有自己能夠凝視著法蒂娜大人。

但是，黑格爾也深知這份願望是如此渺茫。

因此，他選擇退了一步，選擇只要能夠一直待在他美麗尊貴的大人身邊，守護著她，照看著她，替她滿足所有的願望，這樣就足夠了。

何況，他偶爾還可以窺見法蒂娜大人不為人知的一面，替法蒂娜大人保守著她不可告人的祕密。

這是只有他能做到的事。

從某方面來說，這也算獨占了別人所不知道的法蒂娜大人吧。

隔日清早，在福斯特莊園古堡的一隅，傳來了劇烈的鐵鍊晃動聲。

一如既往，黑格爾身穿黑色燕尾服站在一旁，手腕上掛著毛巾，面帶微笑地看著法蒂娜一次又一次握拳擊向沙包。

這是她的例行公事。每天早上，法蒂娜都會穿著一件無袖運動上衣，露出纖細的腰腹以及結實的手臂，不斷揮拳擊向吊在牆柱上的碩大沙包。

紮成馬尾的美麗白髮被揮灑的汗水沾染得濕潤淋漓，但黑格爾非常欣賞這樣的法蒂娜大人。

美麗，高傲，又富有力量，要是在五年前，他絕對無法想像法蒂娜大人會變成今日這副颯爽的模樣。

儘管過去單純可人的少女惹人憐愛，但現在蛻變過後的女爵姿態也很是誘人。

法蒂娜大人是亞弗公國裡最年輕的女性格鬥術青年組冠軍，只要練習完之後，她就會換上一身合身的軍服，腳踩長筒馬靴，並隨身攜帶皮鞭和佩劍。

「法蒂娜大人，請用毛巾。」

看到法蒂娜的練習告一段落，黑格爾立刻上前遞出毛巾。

「嗯，我要你準備的事情都弄好了嗎？你知道今天對我來說是什麼日子吧？」法蒂娜接過毛巾，一邊擦汗一邊問向黑格爾。

「是的，法蒂娜大人，全部都準備好了。屬下當然知道今天對您而言是何等重要的日子。」黑格爾伸出手接過擦完汗的毛巾，微笑著回應。

「今天，就是我正式開始肅清『清單』的日子。」法蒂娜壓低嗓音，隨後走向古堡的方向。

回到寢室，更衣著裝，法蒂娜站在等身鏡前，鏡面映照出她一身挺拔的紅色軍服，象徵著法蒂娜心中熊熊燃燒的復仇之火。

黑格爾站在法蒂娜身後，替她整理儀容服裝，最後再為她別上代表福斯特伯爵身分的家族徽章。

「我會讓真正的凶手付出代價。等著吧，我的復仇之火會將所有陰謀焚燒得灰飛煙滅。」

法蒂娜的目光筆直地注視著鏡子，她的眼裡再也沒有當年純真無邪的自己，只有被列在「清單」上的目標。

「法蒂娜大人，是時候了——」黑格爾做完最後的確認，後退一步，看著鏡中的法蒂娜說道。

他非常清楚，為了這一天的到來，法蒂娜大人做了多少準備，當然，出席昨日那場能源高峰會議也包含其中。

由於福斯特家族向來不認可繼承爵位的法蒂娜大人，這讓她在各方面都處境艱難，而她若想肅清「清單」上的目標，就必須掌握伯爵的實權。因此，法蒂娜大人只得不斷向外界證明她的「存在」。

法蒂娜大人刻意塑造出美豔動人的外形，並出席各種場合爭取曝光，還讓黑格爾故意散播她的豔名，這樣才使得她得以獲得最基本的關注。

儘管法蒂娜打從心底不甚喜歡這份美豔，可是她知道女人的美是一種武器，手邊籌碼不多的她只能利用這點。

除了姣好外形，法蒂娜也勤於練習拳擊和各種格鬥術。她很清楚自己準備的「清單」上有許多危險人物，所以她必須讓自己有所防備，才能在危急時刻救自己一命。

又或者，可以在適當的時機給予目標致命一擊。

不止武鬥，法蒂娜也比一般貴族子弟更加勤奮地閱讀了大量的書籍，認真參與各種課程，盡可能提高自己的知識儲備，並培養高雅的貴族氣息。

在提升了自己的武藝和文學造詣之後，法蒂娜的名氣也稍稍傳了開來，福斯特家族的人終於注意到她。於是，法蒂娜開始出席各種重要會議，並參與各類型的國際競賽。

漸漸地，法蒂娜大人在國際上也有了一席之地，使得福斯特家族再也無法忽視她的存在，只能勉強承認她就是伯爵的新繼任者。

昨日那場Ｌ５能源會議，就是法蒂娜跟福斯特家族爭取來的機會，讓她能作為亞弗公國的代表參與其中。

自此，法蒂娜終於做好了全部的事前準備——讓自己名正言順地以福斯特伯爵的身分，展開前往各國的巡禮交誼。

「接下來的日子，會變得更加危險刺激，黑格爾，你做好心理準備了嗎？現在想要離開還來得及。」法蒂娜轉過頭，低聲嚴肅地問向身邊的黑格爾。

黑格爾一手覆在胸前，低下頭來答道：「我會永遠跟隨在您身邊，法蒂娜大人。祝您武運昌隆。」

聽到黑格爾的答覆後，法蒂娜嘴角微微上揚，此時，陽光恰好灑落在她美豔的臉龐上。

「我就知道你會這麼說，不愧是我的管家。」

話音落下，法蒂娜再度回首看向鏡中的人，那個歷經風霜與苦難才蛻變得如此高冷傲然的自己。

「走吧，向我們巡禮的第一站出發。」

「遵命，亞弗公國伯爵——法蒂娜．福斯特大人。」

自蘭提斯曆元年以來，雖然各個國家的興起與沒落一直是歷史不變的準則。至少現階段的蘭提斯大陸上，共有五大國家。其中，最強盛的國家為獅子心共和國，資源缺乏且相對弱小的國家為海斯王國。至於法蒂娜出身的亞弗公國，則是行政中立國家，在國力上也處於中等位階。

今日開始，就是法蒂娜巡禮各國的第一天。

蘭提斯曆四月十三日，這個日子對法蒂娜來說格外具有意義。數年前的今天，正是她的姐姐法芙娜以福斯特家族、亞弗公國伯爵繼承人的身分巡禮各國的日子。

因此，法蒂娜也同樣挑選這一天展開她的巡禮。

坐在懸浮快車的ＶＩＰ禮賓車廂內，法蒂娜一手拄著下巴，看向窗外。她毫無一般爵位繼承者展開初次巡禮時的緊張，更別說是躍躍欲試的期待。

在亞弗公國，每一位爵位繼承人剛上任時，都需要展開一次蘭提斯大陸的國家巡禮參訪。除了外交意義之外，也是一種對外的宣示公告。其旨在於向所有蘭提斯大陸的國家宣告，從今爾後，將由這個人象徵著整個福斯特家族和亞弗公國。

這是一個相當重要的行程，然而在法蒂娜的臉上，卻沒有絲毫喜悅的神色。

她善良純真的姐姐法芙娜，也是在這一天踏上了不歸路。法蒂娜深信，在法芙娜巡禮各國的期間，一定接觸到了殺害她的凶手。

為了這一天，法蒂娜準備許久，她絕對要揪出真正的凶手，替死去的姐姐報仇。

她時時刻刻都牢記著這件事，而這也正是讓法蒂娜即使身在舒適的高級車廂內，也絲毫無法放鬆的原因。

「下一站，海斯王國莫爾皇家車站；下一站，海斯王國莫爾皇家車站。請要下車的旅客收拾好隨身行李，準備下車。」

車廂裡傳來親切有禮的廣播聲，提醒著旅客們準備下車。從亞弗公國到海斯王國並不算太遠，畢竟它是蘭提斯大陸上最靠近亞弗公國的國家。

「法蒂娜大人，該準備下車了。」

黑格爾在一旁將行李從架上拿了下來。

「黑格爾，從下車的那一刻起，我的復仇之旅就要正式啟程。你是我必要時的『祕密武器』，好好隱藏著自己的本領吧，非不得已，不要輕易暴露出來，不然之後就會有人提防你了。」法蒂娜轉過頭，對著黑格爾正色提醒。

「我一直謹記在心，請您放心。」黑格爾一手覆在自己的胸口上，同樣認真且堅定地回應。

隨後，懸浮快車漸漸慢了下來，最後停駛在一座充滿宮廷風情的車站之中，大大的招牌寫著「莫爾皇家車站」。

莫爾皇家車站的內部裝飾得富麗堂皇，充滿一種中古世紀的華麗浪漫，到處都擺放著古銅色的雕像，整體十分典雅華麗。

下了車，一雙筆挺帥氣的軍靴初次踏上莫爾皇家車站的月臺。那雙軍靴的女主人稍稍看了一下四周後，便冷淡說道：「真是浪費公帑，國家如此弱小貧窮，還做這種無謂的鋪張。」

根據法蒂娜掌握到的情報，海斯王國目前的掌權者依然是王室，國家絕大多數的財政收入都是由海斯王室所徵收。

國家財力吃緊，大多數人民都過得十分貧困，但作為國家門面，更是為了炫耀王室的存在，這座莫爾皇家車站打造得格外高級。

「走吧，我不想在這種浪費百姓辛苦錢的地方多待一秒。」

「是，法蒂娜大人。我想這個時候，接應我們的人應該也快到了……」

黑格爾的話才剛說出口，只見前方快步走來一名男子，他一身筆挺的西裝，有些倉促地向著法蒂娜招了招手：「福斯特伯爵大人，這邊，我是海斯王國的外交官柴爾欽，是來接您的人。」

「說人人就到呢。」

黑格爾看著迎面而來的柴爾欽，微微笑了一下，隨後馬上又收起笑容。

「福斯特伯爵大人，感謝您遠道而來，實在辛苦了。請問需要先享用美味的下午茶嗎？」西裝上別著海斯王國外交官徽章的柴爾欽，一邊拿出手帕擦著汗，一邊問向法蒂娜。

「我不餓，請直接帶我去見你們海斯王國的萊德侯爵吧。」法蒂娜直接了當地回拒了對方，挑明自己的來意。

萊德侯爵，正是本次各國巡禮中第一位要見到的「接待者」。在歷年亞弗公國伯爵繼承者的巡禮之中，各國都會安排一名「接待者」來接待參訪者。

萊德侯爵是海斯王國中小有名氣的人物，雖然這「名氣」的含意並不怎麼好。

「啊，萊德侯爵大人嘛……他可能……會稍晚一點點才能謁見您。」當法蒂娜提到萊德侯爵的時候，柴爾欽卻面有難色，笑容僵硬。

「恕我冒昧，請問萊德侯爵為何晚一點才能見我們？我記得萊德侯爵應該在車站迎接我們，而不是只有柴爾欽先生而已。」黑格爾代為詢問道，這種小事從來不需要法蒂娜大人親自開口。

「呃，那是因為……實在有點不好說……」柴爾欽的臉色變得更為難堪糾結，一時間不知該如何解釋。

「黑格爾，不用多問了，是那傢伙的話，我大概知道原因。」

「您知道原因？」黑格爾有些意外地看向法蒂娜。

「略有耳聞，萊德侯爵風流成性。大概前一晚又不知道去哪裡花天酒地，導致現在無法早起吧。」

法蒂娜毫不委婉地說出答案，一旁的黑格爾點了點頭，表示明白。相較之下柴爾欽就顯得有些尷尬，只能賠笑回應：「福斯特伯爵大人還真是消息靈通啊。那麼，既然您知道了……」

「還是直接帶我去萊德侯爵的府上吧，我不需要下午茶，我可以在府上等他清醒。」

「這、這樣實在太過失禮了，您可是特地從亞弗公國一路舟車勞頓，怎麼能不接受我們的款待……」

「我說不用就是不用，你有意見？」

法蒂娜冷冷地看向柴爾欽，質問的口氣讓對方愣了一下，額前忍不住地溢出冷汗。

柴爾欽趕緊又拿出手帕擦了擦汗，有些支支吾吾地答道：「我、我明白了，那就先帶兩位到萊德大人的公館。」

「不好意思，我們家大人個性直爽，還請柴爾欽先生多多擔待。」

看到柴爾欽汗顏的模樣，在一旁的黑格爾便出聲緩和氣氛。這種替自家主人圓場收尾的工作，向來是黑格爾的職責之一。

「不不，是我們這邊比較抱歉，請兩位跟我來吧。」

柴爾欽面對黑格爾時，臉上緊繃的神色明顯紓緩許多。

黑格爾明白，一般人第一次接觸法蒂娜大人，都會有一種不自覺的緊張感。大概，是由於法蒂娜大人過於強勢的氣場吧。

在柴爾欽的帶領之下，法蒂娜和黑格爾先後坐上一臺加長型的黑色禮車，車內裝潢相當奢華，鋪著桃花心木的地板以及擺放著舒適的真皮座椅，加上立體環繞的音響設備，座椅中間還擺著冰鎮好的香檳，讓乘客能享受舒適的搭乘體驗。

法蒂娜雙腿交疊，以優雅中帶點霸氣的姿態，拿著黑格爾遞給她的酒杯輕輕搖晃。

美酒芳醇的香氣緩緩飄散在車廂之中，法蒂娜雙眼注視著冒著氣泡的金澄色香檳，若有所思。

萊德這個人，就像這杯香檳。

看似華麗貴氣，但喝下去並不醉人，浮誇的氣泡一戳就會破滅。

萊德侯爵，正是列在她「清單」上的第一名嫌疑人。

早在來到海斯王國之前，法蒂娜就已經做了充足的準備——包含調查萊德侯爵這個人。

請等著我，法芙娜姐姐。無論對方是誰，哪怕「清單」上的嫌疑人一個比一個位高權重，她都會揪出凶手並將痛苦加倍奉還。

坐在法蒂娜身邊的黑格爾側頭一看，陪伴法蒂娜這麼多年的他，一眼就能知曉法蒂娜又在想著復仇的事。

以黑格爾的個人立場，他實在不希望看到法蒂娜時時刻刻都這般繃緊神經。但是，除了睡眠時間之外，自從法芙娜去世後，法蒂娜就一直保持著隨時戒慎的狀態。

他萬般希望法蒂娜能夠多放鬆一點，多在乎自己一點，而不是一心一意專注在復仇計畫。但黑格爾也明白，只要當年法芙娜之死的真相沒有釐清，法蒂娜就不可能讓自己鬆懈下來。

也正是因為這份執著與復仇的火焰，才讓當初崩潰的法蒂娜重新振作起來，繼續支持著她艱困地向前邁進。

復仇是把雙面刃，黑格爾切切實實地從法蒂娜身上驗證了世人口中的這句話。

「亞弗伯爵大人，黑格爾先生，已經抵達萊德侯爵的宅邸了。」當車速放慢之後，前方傳來柴爾欽的通知。

黑格爾先行下了車，轉身替法蒂娜打開車門。法蒂娜一身酷勁的軍裝，踏出這臺豪華的加長型禮車，初次踏上萊德侯爵的領地。

「歡迎來到萊德侯爵的宅邸——海之碉堡。」

除了柴爾欽的介紹聲，迎面而來的，是一陣襲上臉部的冰冷海風。

「海之碉堡」，顧名思義是建立在海岸懸崖邊的一座碉堡。這裡彷彿與世隔絕，陣陣海風撲面而來，空氣裡飽含著濃濃的腥鹹氣味。

住在這裡，想必冬季一定格外寒冷吧。黑格爾不禁在心中猜測。

「那麼，請兩位跟我進入碉堡吧。」

柴爾欽再次帶路，往碉堡的入口處走去，在他的操作之下，古老且厚重的門扉應聲開啟。

「歡迎福斯特伯爵蒞臨——」

進入碉堡之後，迎接法蒂娜的，是位於兩側、一字排開的女僕們，她們用恭敬且甜美的聲音歡迎著法蒂娜。

一眼看去，每位女僕都是精挑細選的美女，個個樣貌清秀，皮膚雪白，而且都有一個共通點——

漂亮的金色長髮。

和她的姐姐法芙娜一模一樣。

只是在法蒂娜眼中，法芙娜姐姐氣質優雅，美麗動人，這些平凡普通的女僕哪能與之相比。

「那麼，希望福斯特伯爵大人和黑格爾先生在參訪的這段期間能過得愉快，並好好享受我們海斯王國的熱情招待。若無其他重要的事情，我就先告退了。」

柴爾欽面帶笑容對法蒂娜與黑格爾說道。這次，他臉上的笑容真心燦爛，大概是因為工作終於可以結束了吧。

「嗯，代我向海斯國王問好。」

「會的，那我就先告辭了。」柴爾欽笑笑地應答後，便先行從這座碉堡離開。

「請福斯特伯爵大人跟我來，由我帶領您到為您準備好的房間。」其中一名年紀較為年長的女僕對著法蒂娜和黑格爾說道。同時，其他女僕也主動整理好行李，並送至兩人即將入住的房間。

到目前為止，他們仍未見到這座海之碉堡的主人。

這座海之碉堡的內部，相較於外貌的樸實單調，裝潢可說是十分華麗精緻，完全符合身為海斯王國貴族的特色——竭盡所能地鋪張奢華。

到處都是燦金色的裝飾品和傢俱，一看就知道價格不菲。除此之外，萊德侯爵似乎還很喜歡收藏各種藝術作品。

「你們家主人很喜歡收藏畫作吧？」法蒂娜一邊觀察著牆壁上的掛畫，一邊朝帶路的女僕問道。

「福斯特伯爵大人您看出來了呀？我們家主人確實是充滿藝術情懷。」女僕面帶微笑回應法蒂娜。

「是嗎？我看只是貪圖美色而不是欣賞藝術吧。要不然，怎麼清一色都是女性的畫像。」法蒂娜不客氣地揶揄。

女僕一時間有些尷尬，只能乾笑著回應：「嘛……美麗的女子誰不喜歡欣賞呢？啊，福斯特伯爵您的房間安排在三樓，至於您的隨從……」

「不用替他另外安排房間。」女僕的話還沒說完，法蒂娜就強行打斷了對方的發言。

「欸？但您的隨從要睡哪呢？」

正當女僕以為福斯特伯爵是在虐待自家下屬時，法蒂娜便不假思索地回道：「他跟我睡同一間房間。」

「咦？」

一聽到法蒂娜這麼說，女僕顯然大吃一驚。她訝然地眨了眨眼，先錯愕地看著法蒂娜，再將視線瞟向法蒂娜身後的黑格爾。

最後，她的臉上露出了彷彿寫著「原來如此」的曖昧神情。

「我、我明白了，那就將兩位的行李都一起放到您的房間。」女僕的兩頰有些燥熱，隨後趕緊轉身繼續往階梯上前進。

「您這樣說好嗎？人家明顯是誤會了，法蒂娜大人。」看到女僕的反應後，黑格爾的嘴角忍不住微微上揚。

「如果誤會，就讓她誤會吧，反正她們家主人的節操也沒好到哪裡去。」法蒂娜一點也不在意，只是面無表情地繼續跟著上樓。

「呵，還真是您的風格呢。但您就不怕和我同住一間，我會深夜偷襲您嗎？」

「你要是有這種念頭的話，在家的時候早就做了。不過……」法蒂娜先是淡淡地回應，隨後換上一抹帶點壞心的笑容，對著黑格爾說道：「如果你想偷襲的話也可以，若你有本事的話。」

這句話，伴隨著法蒂娜帶點誘惑的豔麗容貌，頓時讓黑格爾的心跳狠狠地漏了一拍。

但黑格爾也不是第一次聽到自家主人說類似的話了，他很快地平復心情，搖搖頭苦笑：「您還真是大膽呢。我就當您對我下戰帖，收下挑戰了。」

在這兩人對話的時候，前方帶路的女僕一直偷偷竊聽著，她的耳根子忍不住越來越紅。而兩名當事人早就看出女僕正在偷聽他們的對話，卻仍然不以為意。

海之碉堡的內部空間頗為寬敞，沒有現代化的電梯，而是保留著最原始的螺旋樓梯設計，想踏上三樓還得費一點力氣。

「兩位再走一下就到了，過了轉角就是兩位的房間……」女僕對兩人說道，但話到一半，一道曖昧的聲音就將他們注意力都吸引而去。

在經過二樓一扇華美的房門前，三人同時聽到裡頭傳來難以明說的曖昧聲響，女人和男人的呻吟此起彼落、相互交織。

帶路的女僕愣了一下，表情十分尷尬，反觀法蒂娜卻一派輕鬆自然地說：「哦？這就是你們家主人不出來見客的理由？還真是傲慢呢。」

「那、那個不好意思，請恕我們失禮……」眼看法蒂娜挑起眉頭，女僕嚇得趕緊向她鞠躬致歉。

「妳又沒有錯，別一直跟我道歉，繼續帶路吧。」看到女僕既慌張又兩頰泛紅不知所措的模樣，法蒂娜只是淡然地回應。

女僕點了點頭，立刻邁開步伐，快速經過那間散發著曖昧氣息的臥室，走上三樓。

「那應該就是萊德的主臥室吧？不出來接見客人，還在房裡做那種事情，實在對法蒂娜大人太失禮了，不可原諒……」黑格爾一邊壓低嗓音，一邊握緊拳頭，他無法容忍有任何人藉此讓法蒂娜臉上無光。

「你放心吧，這筆帳我會好好記住的。」

「是，我相信您很快就會做到了。」

黑格爾點了點頭，繼續往前走了幾步，終於到了他們要入住的房間。

「福斯特伯爵大人，這裡就是兩位接下來一個月的休憩臥室，在此之前，我們已經全都翻新整理過，希望兩位住得愉快舒適。若有什麼需要或有哪裡不足，請隨時跟我說。」女僕推開房門，一邊說著一邊讓法蒂娜和黑格爾欣賞房內景色。

此時，映入他們眼簾之中的，是一間坪數頗大的客房，房內布置華美，到處都是宮廷風格的裝潢，一張 king size 的偌大床鋪擺放在中央，看起來相當柔軟舒適。

室內還有一扇明亮的落地窗，打開就能通往一座小陽臺，讓人能夠隨時欣賞位於峭壁上的海岸風光。房間整體來說相當不錯，桌上也都備好了全新未拆封的生活用品。

「謝謝妳，有任何需要我會再跟妳說。」

黑格爾代替法蒂娜向女僕致謝，隨後女僕便微微一笑轉身離開。

「終於來到這裡了。萊德，我很快就會知道你是否就是我要找的凶手。」

黑格爾關上房門後，法蒂娜面向前方的落地窗，看著廣闊無垠的灰暗海面，忍不住喃喃自語。

看著站在落地窗前的法蒂娜，黑格爾上前替她脫下身上披著的軍裝外套，輕輕地掛在旁邊的衣架上。

接著，黑格爾將雙手輕放在法蒂娜的肩膀上，對著她細聲耳語：「法蒂娜大人，為了接下來的偵查，您需要再『複習』一次嗎？」

黑格爾的聲音十分低沉，充滿磁性，又帶點誘惑。

法蒂娜背對著他，沒有猶豫地回答：「啊，那就來吧。今天先來溫習一下手感。」

「是，那麼請把我視為目標，開始練習吧。讓我，感受到您的『誠意』。」說著，黑格爾鬆開手，在他面前的法蒂娜則轉過身，迅速出手抓起黑格爾的領帶，往自己的方向一拉。

「你等著，別以為我這幾天沒練習就生疏了，黑格爾。」法蒂娜的嘴角微微上揚，帶著自信張狂的笑容。

「那就要看您的表現了，法蒂娜大人。」

黑格爾也沒有半點退讓之意，只有在這種時候，他才可以理直氣壯地和法蒂娜分庭抗禮。

這是他和法蒂娜大人之間專屬的「練習時間」。

自從法蒂娜大人決定要展開復仇計畫後，她深知自己「清單」上的人都是男性，想要攻略這些男人，並抓住他們的把柄，最好用的武器就是女性自身的美麗與誘惑。

不能太過直接，不能太過暴露，若即若離，若隱若現，似有似無的曖昧是一種技巧，更是一種學問。

學會如何挑逗，是一種可以拉近彼此距離與打破心防的捷徑。

雖然，一開始黑格爾也懷疑過，也曾認為法蒂娜大人這麼不擇手段真的好嗎？

但每每看到他美麗尊貴的大人，用無比堅定且燃燒著赤色復仇之火的雙眼直視著自己時，黑格爾也只能敗陣下來。

除了臣服之外，他也是帶著私心享受只屬於他們的「練習時間」。

——咚。

一鼓作氣將黑格爾推倒在純白的大床上，法蒂娜一手仍緊緊地抓著黑格爾的領帶，一手則壓在他身側，臉上依然掛著自信的微笑。

「讓男人愉悅的本事，我已經跟你練習過那麼多次，你應該最清楚了，親愛的。」法蒂娜壓低身體，湊到黑格爾的耳邊，一邊說著，一邊刻意地用鼻尖磨蹭著黑格爾的耳鬢。

「我知道您的能耐，但您至今仍有弱點存在。」

「哦？怎麼說？」法蒂娜微微抬起上半身，鬆開抓著對方領帶的手，轉而優雅挑逗地逐一解開黑格爾領口的釦子。

「好比如……」

「唔！」

冷不防地，黑格爾瞬間逆轉局面，出其不備地將法蒂娜翻轉過身，壓倒在柔軟的床鋪上。

「您的防備心完全不夠，這是您弱點之一。」

「那是因為你的力氣比一般男人還要大吧？換作是普通男人，我應該能應付得了……」法蒂娜先是屏住呼吸，隨後眉頭微微蹙起，臉上難得流露出一絲不甘。

「這點倒是不可否認。但是，您怎麼知道接下來要對付的目標，力氣不會比我還大？」

「這我會克服的，你不用擔心。」

話音一落，又是一個逆轉，法蒂娜瞬間又將黑格爾翻轉過身，重新回到她在上方的壓制局面。

她修長的雙腿一張，直接跨坐黑格爾身上，雖然穿著長褲並沒有暴露的疑慮，但這動作仍然顯得十分撩人。

「您真是進步神速呢，法蒂娜大人。那麼，您還有第二個弱點。」

「又有什麼弱點？」聽到黑格爾這麼說時，法蒂娜又是眉頭一皺。

「好比如，這樣——」

黑格爾舉起手，用手掌托住法蒂娜的左臉頰，接著順著頸側，慢慢往下滑動。

「唔！」

一瞬間，法蒂娜的身體抽顫了一下。

「第二個弱點，就是您實在太敏感了。」黑格爾邪魅地笑了笑，看著剛才發出輕微顫抖的法蒂娜。

「才沒有，這只是剛好被你找到而已。而且……而且我才不是敏感，是很癢。」法蒂娜義正詞嚴，一點也不服黑格爾說的話。

「是嗎？那……這裡呢？」

隨著黑格爾拋出問句的同時，他轉而將手滑到法蒂娜的側腰，用手指輕輕按壓了一下。

當下，法蒂娜的身體又止不住地微微抽動。法蒂娜愣了一下，一時間沒有反應過來，過了幾秒後，她才對黑格爾說道：「這、這些我都會克服的！」

「敏感點可不是說能克服就能克服的。不過，您是不是忘了練習的目的，您不是要試著撩撥我嗎？」黑格爾又是頗為滿意地笑了笑。

「你到底是怎麼知道我這些弱點的……」

法蒂娜癟了癟嘴，少見地露出了孩子氣的表情，儘管轉瞬即逝，黑格爾依舊一點不漏地全都盡收眼底。

「那是因為，我只注視著您啊，法蒂娜大人。」

不知道是不是法蒂娜的錯覺，掛在黑格爾臉上的笑容好像有些變形，彷彿帶了點異樣興奮的感覺。

「有時候你真像是個有病的人，黑格爾。」法蒂娜對著黑格爾說道，兩頰上還隱約透出些許緋紅。

「您說什麼都是對的，法蒂娜大人的話即是真理。」

「夠了。」

沒給黑格爾把說完話的餘地，法蒂娜突然將手探進已經解了一半釦子的襯衫之中，手掌緊貼在黑格爾結實的胸膛上。

「你這傢伙，居然是那種穿上衣服就看不出來身材的類型，這胸肌挺結實的嘛。」

「哎呀，您這是在試圖轉移話題嗎？」

「誰跟你轉移話題，我這是在認真練習。」法蒂娜先是板著傲然的表情回應，隨後她低下頭來，將下巴抵在黑格爾衣襟半開的胸膛上。

「那……我是否能找到你的敏感點呢？」

——匡噹！

鏗然一聲驟然響起，房門外赫然傳來玻璃破碎的聲響，法蒂娜馬上從床上起身，快步走向門口，只見房門露出了一點縫隙，而外頭則站著一名女僕。

在女僕的腳跟前，是一個掉在地上的破碎花瓶。

「抱、抱歉！我、我不是故意要偷看的！我、我只是剛好經過……」女僕嚇得臉色發白，身體顫抖。

「不是故意的？」法蒂娜一手撐在門板上，一手扠腰質問對方。

「真、真的不是，我什麼都沒聽到，我什麼都沒看到，還請福斯特伯爵大人原諒我的失禮……」

女僕聲音顫抖，嚇出了一身冷汗，因為法蒂娜給人的壓迫感實在太過強大，加上身分地位懸殊，讓女僕恐懼著自己將會遭受到什麼難以想像的懲罰。

「記住，妳什麼都沒聽到，什麼都沒看到。」法蒂娜又往前站了一步，拉近和女僕之間的距離，「妳明白了嗎？」

刻意地加重語氣，法蒂娜面無表情地看著面前的女僕。

女僕幾乎快要哭了出來：「是……是的！我、我一定不會說出去的！懇請法蒂娜大人原諒我……」女僕泫然欲泣，氤氳的淚光在眼眶裡打轉，哽咽顫抖地向法蒂娜請求。

「妳走吧。」看到女僕瀕臨崩潰的模樣，法蒂娜退後一步，平淡地丟下這句回答。

「謝、謝謝伯爵大人！」

慌張地鞠躬致歉後，女僕本來打算馬上就走，但她又意識到自己剛才不小心打破了花瓶，便立刻彎下腰用手撿起破裂的陶瓷碎片，最後迅速離開法蒂娜的視線範圍內。

「您這樣做真的好嗎，法蒂娜大人？」看著女僕的身影完全消失，黑格爾從後方走近法蒂娜，低聲詢問。

「就是要這樣才有效果。」法蒂娜面無表情地回應對方。

「但那個女僕有點可憐啊，都被您嚇成這樣了。再說……」黑格爾先將門關上，「是您故意沒將門關好，留了點縫隙，並讓她看到剛剛那一段表演。這樣她會不會太可憐了？」

「可憐？我可沒有那種無謂的同情。」法蒂娜眉頭一挑，不以為然地回答。

「那麼換個問題好了，您認為這樣會成功嗎？」黑格爾笑了一下，將話鋒一轉。

隨後法蒂娜的嘴角也微微上揚，自信的神情再度展現在她的臉上：「會的，我相信。」

之後，她又補上一句：「越嚴正叮嚀不可以打破的規矩，最後一定都會打破的。因為人性就是如此，黑格爾。」

「還真是有您的風格，那麼我們就靜待結果吧，法蒂娜大人。」

「很快，很快就會有回應了，你就好好等著吧。」

法蒂娜走向黑格爾，將對方胸前本來敞開的衣襟合攏，再替他慢慢地將釦子一一扣上。僅僅只是一個小小的動作，空氣裡卻瀰漫著一股曖昧的氣息，而黑格爾似乎早就習慣了這種氛圍。

他美麗尊貴的大人，已經不再是以前那個天真無邪的少女。

她將化身美麗的魅魔，只為了替最重要的親人復仇。

The Villain Earl's
Discipline Diary

第三章

海之碉堡外的天色漸漸暗了下來，海風也逐漸變得強烈，呼嘯的風聲和海浪的拍打聲，全都強勢地襲上位於峭壁的古老碉堡。

即便是在室內，溫度也比白晝時還要下降許多，由於碉堡內空間寬敞，更讓環境顯現出一種清冷的感覺。

「法蒂娜大人，這樣的搭配您滿意嗎？」黑格爾問向站在等身穿衣鏡前的法蒂娜。鏡中的法蒂娜已換上一身低胸緊身的黑色緞面晚禮服，長長的裙襬優雅地鋪散在地上。黑色的緞面絲綢略帶光澤，更襯托出她雪白無瑕的肌膚。

法蒂娜裸露著雙肩和細緻的鎖骨，胸前的深V溝壑更加突顯了她姣好的身材，在優雅中還帶著一股致命的性感。

黑格爾替她披上一襲雪白色的皮草，仿製的，畢竟法蒂娜不喜為了美麗而剝奪動物的生命。

「嗯，可以，再替我把馬甲拉緊一點。」法蒂娜微微抬高下巴，看著鏡中的自己。

「您會不會不太舒適？這樣的話，您恐怕會呼吸困難……」

「拉緊，這點稀薄的空氣算得了什麼。」法蒂娜再次對黑格爾下令。

「遵命，法蒂娜大人。」

聽罷，黑格爾立刻拉緊手中的繩索，讓法蒂娜胸前渾圓的曲線更為豐滿。

「男人啊，就算不一定喜歡巨乳，但都會立刻被這種視覺效果吸引。」

「您說得太直接了，但請別把我跟那些普通男人混為一談，法蒂娜大人。」黑格爾苦笑了一下，隨後又說：「不管您是什麼樣子，無論您以哪一種樣貌呈現在我面前，我都只會注視著您，一直一直注視著您。」。

「嗯，你的確是個例外。但這種病嬌發言我就當沒聽見了。」

「呵，那麼您打算前往餐廳用餐了嗎？」黑格爾又笑了一下，確認似地問向法蒂娜。

「走吧，要和那傢伙正面交鋒了呢。」法蒂娜回過身，抹著朱紅色的唇瓣微微綻放。

離開房間後，兩人逐步走向海之碉堡的餐廳。夜晚的海之碉堡內部點上了一盞盞鵝黃色燈光，室內不是特別明亮，彷彿是刻意營造出昏暗朦朧的氛圍。寂寥的空間除了海風的呼嘯外，腳步聲也在這寂靜的建築物內產生輕微的迴響。

特別是法蒂娜腳上踩著的一雙豔紅色高跟鞋，鞋跟與地面接觸的聲音格外響亮，好似節拍器一樣，一步一步敲進聆聽者的耳中。

這讓法蒂娜除了婀娜的身姿外，還多了一股不可侵犯的威嚴。黑格爾跟在她的後頭，雖然法蒂娜的耀眼讓人無法忽視，但黑格爾的存在感並沒有因此而消滅。

他一身黑色筆挺的燕尾服，略微精瘦的身形，彷彿畫上煙燻妝的深邃雙眸，和俊俏中帶點神祕的男性臉龐也讓不少女僕偷偷著迷。

此刻，黑格爾正和法蒂娜從蜿蜒的螺旋樓梯往下走，在一樓餐廳等待的女僕們，都眼帶陶醉地凝望著他。

不過，不止黑格爾接收到女性們的戀慕目光，法蒂娜的強大氣場也十分引人注目。女僕們注視法蒂娜的眼神中，包含了各種情緒，有欣羨，有仰慕，也有被她那股帥氣吸引的崇拜。

當然，法蒂娜並不是為了吸引那些女僕而來。

「真不愧是傳聞中，集美麗與霸氣於一身的福斯特伯爵啊——果然百聞不如一見呢。」一名站在一樓大廳的男子一邊斷斷續續地拍手鼓掌，一邊露出潔白整齊的皓齒，對著法蒂娜讚嘆道。

「讚謬了。不過，您可以更早欣賞到的，不是嗎?萊德侯爵。」

「哎呀，這種單刀直入的風格，我也總算是親身體驗過一次了。但的確是我失禮了，還請美麗的法蒂娜小姐原諒我，我相信美麗的您，胸襟肯定也十分寬闊。」

萊德侯爵笑了笑，走向前，對來到自己面前的法蒂娜紳士地伸出手，希望法蒂娜能夠回應自己的邀請。

「我也見識到了，萊德侯爵的說話藝術真如傳聞所說地高招。若不答應你，不就顯得我太心眼小了嗎？」法蒂娜伸出手，輕輕覆在萊德的掌心上。

一旁的黑格爾在萊德直呼自家大人的名字時，忍不住皺了一下眉頭，但他很快就收拾好臉上的表情，再次恢復冷靜。

黑格爾心想：這個男人還真大膽，才剛見面，就敢直呼法蒂娜大人的名諱。

一想到這，黑格爾又有些惱火，但法蒂娜大人既然沒有當面駁斥對方，他身為法蒂娜大人的隨從，就只能守好自己的本分。

「怎麼會呢，我的美人。您在我心中絕對不是那樣的人。」

萊德握住法蒂娜的手，溫柔地牽著她慢慢走向早已準備好佳餚的餐桌。和黑格爾想像中的不同，他以為萊德會和其他海斯王國的貴族一樣，在精緻的長型餐桌上擺滿各式菜餚來表現自己的主人風範。

然而，萊德並沒有那麼做。他選擇了一張只能坐得下兩個人的小餐桌，並擺上兩張椅子。

雖然已經習慣不會有人替自己準備座位，但黑格爾總覺得這種安排是萊德別有心思。

「請坐，美麗的女士。」

萊德牽著法蒂娜來到右手邊的位置，邀請法蒂娜入座。法蒂娜看了萊德一眼，看著對方放開自己的手，繞到座位後方替她拉開椅子，她便優雅地坐了下來。

隨後，萊德回到對面，讓身後的女僕替自己拉開椅子，一入座後就將雙手十指交叉放在桌上，對著法蒂娜說：「我真是何其幸運，可以和這麼豔麗的美人一起共進晚餐。但令人遺憾的是，能和妳相處的時間僅僅只有短短一個月。」

在鵝黃色燈光的輝映下，坐在法蒂娜對面的金髮男子，海斯王國的萊德侯爵，黑格爾平心而論，這傢伙也絕對稱得上是風流倜儻的美男子。

金髮碧眼，一身白色西裝，搭配焦糖色的雕花皮鞋，說他是童話中走出的王子也不為過。

似乎是因為萊德侯爵的關係，空氣裡瀰漫著一股古龍水的香味，很顯然這個人出現在法蒂娜大人面前的每一個環節，都經過精心的設計與裝飾。

一對彷彿隨時都在露出笑意的雙眸，讓人完全無法捉摸。但黑格爾很清楚，他必須好好保護法蒂娜大人，以免被這傢伙給坑了。

雖說，他美麗尊貴又聰明的法蒂娜大人不一定需要他的幫助就是了。畢竟，萊德侯爵正是「清單」上的目標之一。

凡是被羅列在「清單」上的人，法蒂娜大人早就做好了各種事前調查，以及隨時都保持著防備心。

如果萊德真的是法蒂娜要找的人……

一想到這裡，黑格爾不禁微微瞇起雙眼，似笑非笑地注視著讓他十分不愉悅的萊德。

那可真是太讓人同情了，萊德侯爵。

「萊德侯爵，你的態度一向如此積極嗎？」法蒂娜的嘴角同樣揚著一抹淺淺的笑容，問向眼前這位英俊的金髮貴族。

明明此人一開始還態度冷淡，根本沒把他們沒當作一回事，甚至都沒有第一時間前來迎接，一直到晚膳時間才現身。當然，這段期間萊德在做什麼，法蒂娜和黑格爾都再清楚不過了。

但是，現在萊德的態度卻有了一百八十度的大轉變。法蒂娜為此感到十分滿意，當然並不是因為自己被好好招待，而是她明白，今天和黑格爾在房間裡上演的「激情戲碼」似乎發揮效果了。

至於何時才能驗證「清單」上的目標……相信過不了多久，她很快就能知道答案了。

「我可不是對每個人都這麼積極，那也是要看對象的。我會如此隆重，只因為是妳。」萊德上半身稍稍前傾靠近法蒂娜，壓低嗓音說出充滿撩人氣息的一句話。

「那還真是受寵若驚呢，萊德侯爵。」

法蒂娜一手拿起紅酒杯，將透明的玻璃杯緣輕輕放在自己的朱唇上，雙眼微微瞇笑看著萊德。在旁人眼裡，她細微的動作和眼神，隱約散發出一點曖昧與誘惑。

「但是，我要怎麼知道，你只對我如此呢？而你，又企圖想從我身上得到什麼？」法蒂娜一邊說，一邊在餐桌下將腳緩緩伸向前方，從長長的裙襬之下露出白皙腳踝，用紅色的高跟鞋曖昧地碰觸著萊德的小腿。

被法蒂娜用鞋尖觸碰到的當下，萊德臉上的表情有那麼一瞬間的動搖，似乎還短促地倒抽了一口氣。

「萊德侯爵的企圖……是這種嗎？」法蒂娜將手中的酒杯平放在桌面上，另一手托著自己的臉頰，同樣壓低嗓音問向萊德。

「哎呀，我可聽不懂妳在說什麼呢，法蒂娜小姐。」萊德歪了一下頭，裝作什麼都不知道。

「只是這樣還不夠嗎？還是說……萊德侯爵想要的更多？」

法蒂娜這次直接脫掉高跟鞋，露出纖細美麗的裸足，輕輕地探入萊德的西裝褲之中，直接觸碰到了對方的肌膚。

這一次，萊德臉上的表情有了明顯變化，他眨了眨眼，雙眼微微睜大，抽氣的聲音也更為明顯。

「我說法蒂娜小姐……」低聲說話的同時，萊德的臉色一沉，陰影一時間遮蔽了他的雙眼，讓人無法看清他的表情，「原來和我是同一種人啊。」

萊德緩緩抬起頭來，目光直視著法蒂娜。他嘴角上揚，拿起旁邊的酒杯，高舉對著法蒂娜說道：「我敬妳一杯。」

「呵，我也聽不懂你在說什麼呢，萊德侯爵。但，回敬你一杯也不是問題。」

法蒂娜也故作不明所以，再次舉起酒杯。

「乾杯。」兩人異口同聲，一同喝下杯中宛如鮮血的紅酒。

「對了，我還準備了一個小小的節目來歡迎妳呢。」

「哦？是什麼？」聽聞萊德的話後，法蒂娜眉頭一挑問道。

「雷妮。」

在呼喚這個名字的同時，萊德舉起雙手拍了拍，隨後一道身影便從暗處走了出來。

對於這名突然出現的女子，法蒂娜其實有些意外，因為她絲毫沒有感覺到對方的氣息。

「是，侯爵大人。」

名叫「雷妮」的女子身穿一身漂亮的洋裝，顯然和在場的其他女僕完全不同。

她留著一頭波浪長髮，長相清秀，五官精緻，但雙眼之中卻有著一絲陰鬱。

有那麼一瞬間法蒂娜注意到，她的出現，讓旁邊的女僕們或多或少流露出輕蔑的神色。

「用妳的『拿手技巧』表演給法蒂娜小姐欣賞吧。」

「遵命，侯爵大人。」

話音一落，雷妮深吸一口氣，屏氣凝神之後突然睜大雙眼——下一秒，一陣強光閃過，隨之而來的，是變了色調的環境與景緻！

是魔法。這是法蒂娜心中冒出來的第一個念頭。

不僅法蒂娜對此感到訝異，本來在一旁靜靜觀看的黑格爾，在雷妮施展魔法的瞬間也略顯驚訝。

「請慢慢欣賞，法蒂娜小姐。這景色，不知道您是否熟悉？」

萊德敞開雙手，對雷妮施展的魔法感到相當自豪，臉上充滿了光彩。

「啊，確實。」

法蒂娜認同地點點頭，在周圍變化的一瞬間她就認出來了，這是她最為熟識的亞弗公國的景緻。

環看四周，他們彷彿真的置身在亞弗公國最知名的景點——福斯特戰馬雕像前一般。

福斯特戰馬雕像相當宏偉，整體約有兩層樓高。福斯特家族的祖先當年在戰場上騎著戰馬高舉亞弗公國旗幟的英姿，被栩栩如生地雕鑿下來。

真正的福斯特戰馬雕像位於亞弗公國的國家紀念廣場上，而此刻，法蒂娜卻彷彿身臨其境。

若非她此時還坐在椅子上，前方正對著餐桌和萊德，她還真的會有自己已然回到家鄉的錯覺。

「真是厲害啊，這實在是太厲害了呢。」法蒂娜發自內心地稱讚著，「妳叫雷妮對吧？真是一位優秀的魔法師。萊德侯爵，你擁有一個很珍貴罕見的下屬呢。」

魔法師。不僅僅是海斯王國，在整個蘭提斯大陸上，具有魔法能力的人都是非常稀有的。

就連法蒂娜也曾經妄想過，要是自己當年擁有魔法這種異能，或許就有機會拯救她被殘忍謀害的姐姐了。

「哈哈，這點小才華不算珍稀，只要能讓法蒂娜小姐開心就夠了。」萊德滿意地笑著，隨後補上一句：「若妳能更長時間停留在我身邊，這些把戲我隨時都能讓妳觀賞呢。」

法蒂娜雖不吃他這套，但當萊德說出這句話的時候，她注意到了一個有意思的現象。

儘管只有短短幾秒鐘的時間，還是被法蒂娜捕捉到了——雷妮似乎對萊德剛剛的那句話頗有微詞，眉頭皺緊了一下。

法蒂娜把這一幕記了下來，對於清單上的目標，她任何一點情報跟訊息都不會放過。

「哎呀，萊德侯爵還真是直接，你對任何異性都是這麼熱情嗎？」隨後法蒂娜將目光重新放回萊德身上。

「那是因為……妳是可以讓我這麼直接的類型，不是嗎？」

萊德意有所指，視線稍稍往下方看。法蒂娜馬上就意會到，對方是在說自己方才的挑逗行為。

「呵，這可不好說呢，萊德侯爵。」

法蒂娜不失禮貌地微微一笑後，收回了她的腳，自然地穿好高跟鞋，就像什麼事也沒發生過般，繼續和對方共度晚餐時刻。

用餐期間，萊德不斷用言語和貼心的舉動來討好法蒂娜。而法蒂娜看得非常清楚，只要萊德越對自己獻殷勤，一旁的雷妮臉色就越糾結。

為了確認這件事，法蒂娜還刻意提出一些更過分的要求，比如讓萊德親自用手剝除蝦殼，將彈牙飽滿的蝦肉送到自己眼前。

果不其然——

雷妮的表情瞬間變得陰鬱沉重，彷彿萊德的一舉一動都牽動著她全身的情緒。

驗證了這點之後，法蒂娜覺得十分有意思，卻裝作什麼也不知道地繼續享用這頓暗潮洶湧的晚餐。

至於一直旁觀這一切的黑格爾，無時無刻不注視著法蒂娜大人的他，當然不可能沒發現方才檯面下的各種小動作。

起初，他略微驚訝，但很快就平復了情緒，因為他知道這都是法蒂娜大人計畫的一部分。

用餐完畢後，女僕們開始收拾餐桌上的物品，法蒂娜卻在起身時，忽然往旁邊稍稍一傾。

「哎呀，小心。」萊德立即上前扶著法蒂娜，將對方攬入自己懷中。

「沒想到，海斯王國出產的紅酒，比想像中還烈呢……」依偎在萊德懷裡的法蒂娜雙眼矇矓，吐著熱氣說道。

「哦？那日後歡迎妳陪我多喝點海斯王國出產的美酒，練練酒量吧。」

萊德明明是正經地對法蒂娜發出邀請，但她卻時不時能感覺到對方刻意在她耳邊吹拂的熱氣，究竟是誰在誘惑著誰，一時間就連法蒂娜自己也說不清楚。

「如此盛情，我都快不好意思了，萊德侯爵。」

法蒂娜稍稍掙脫了萊德的懷抱，她能夠接受自己主動出擊，卻一點也不喜歡對方挑戰自己的底線。

「怎麼會，傳聞中高傲的冰山美人福斯特伯爵，應當不是那麼容易害羞的女性——」這時，萊德稍稍低下頭，故意湊到法蒂娜耳邊壓低嗓音說：「至少，妳挑逗我的時候可不是這樣啊。」

話音一落，萊德隨即又拉開距離，笑笑地看著沒有馬上給出回應的法蒂娜。

真不愧是情場高手。法蒂娜在心中如此想著。

不過，某種層面而言，這算是正中了法蒂娜的下懷。她在脫離萊德的懷抱後，試著要往前再走一步，但整個人卻搖搖晃晃，腳步十分不穩。

「是不是有點頭暈？真沒想到妳的酒量比想像中還不好啊，福斯特伯爵。」

在萊德又準備上前攙扶法蒂娜時，黑格爾搶先一步，迅速穩穩地扶住法蒂娜的手臂。

「是你們海斯王國的酒太過濃烈了……看來我得躺著休息一下……」法蒂娜一邊說，一邊偷偷地瞥了黑格爾一眼，似乎是要黑格爾別再攙扶著自己。

黑格爾當然明白自家主人的含意，他只好鬆開手，這時便聽見萊德說道：「是該好好休息一下，讓妳的僕人送妳回房休息吧。」

「我恐怕無法走到高樓層的房間呢，萊德侯爵……」法蒂娜搖搖頭，一手扶著自己的額頭，呈現一副寸步難行的模樣。

「這的確有點難辦啊……」萊德猶豫了一下，似乎在認真思考著解決辦法。

「好暈……」一邊扶著自己的腦袋，一邊虛弱地說著，同時法蒂娜又再次偷偷瞥了黑格爾一眼。

收到來自自家主人的暗示，黑格爾隨即對萊德開口：「萊德大人，恕我失禮，但為了我家主人的身體狀況著想——可否借用您位於二樓的臥房呢？」

「這麼說來的確是，但……」

聽到黑格爾這麼說的時候，萊德有些意外地愣了愣，他大概沒想到自己的臥室會成為優先選項。

「如果是二樓……我還可以勉強一下……」法蒂娜有氣無力地呢喃著，她緩緩抬起頭，用含著水光的迷濛雙眸凝望著萊德，平時強勢的女人一瞬間露出這麼毫無防備的柔弱表情——剎那間，就算是還在猶豫掙扎的萊德也不禁被這反差感所擊敗。

「我明白了，那就先到我的臥室休息一下吧。來，我攙扶妳。」

隨後，萊德直接付諸行動，主動一手扶著法蒂娜的肩膀，另一手攬著她的腰，帶著她往二樓階梯而去。

同時，一直默默站在後方，僅僅是被萊德叫出來表演的雷妮，臉色卻無比地陰沉。

The Villain Earl's
Discipline Diary

第四章

來到萊德的寢室門前，萊德先推開門，再轉過頭來對黑格爾說：「已經到了我的房間，待會你家主人就能好好休息，這裡沒你的事了。」

和與法蒂娜說話時截然不同的冷漠高傲，萊德此刻的神情十分現實地映入黑格爾眼中。

實際上，黑格爾也不是第一次被人差別對待，貴族和平民之間一直都有著難以跨越的鴻溝。

唯獨他美麗尊貴的法蒂娜大人。

縱使面貌跟性格和以往大不相同，但法蒂娜大人對待他的方式跟真誠始終如一，毫無改變。

這也是黑格爾為何一直跟在她身邊的理由之一。哪怕全世界都輕蔑自己，只要法蒂娜大人還在自己身邊，一切都無所謂。

不過，就算如此，他也不會隨意聽從法蒂娜大人以外的人的命令。他沒有回應萊德，只是面向法蒂娜，用一如既往的尊敬口吻詢問：「伯爵大人，您還有其他命令嗎？」

在黑格爾不理會萊德轉而問向法蒂娜時，萊德的眉頭有些不悅地皺了一下，隨後法蒂娜便用微弱的口氣回應：「沒事了，你先回去吧。」

聽到法蒂娜這麼回答後，一旁的萊德馬上又露出得意的神情，但黑格爾一點也不把萊德的沾沾自喜放在眼裡，他一手覆在胸前對著法蒂娜答覆：「遵命，伯爵大人。」

「就說都沒你的事了……算了，我們還是趕快進房休息吧。」萊德先是冷冷地碎念了一句，隨後話鋒一轉，攙扶著法蒂娜走進自己的寢室。

黑格爾站在門外，挺直一如騎士般英挺的身姿，目送著法蒂娜進入房間。直到門扉徹底關上的最後一秒，他才喃喃地說了一句──

「法蒂娜大人，祝您旗開得勝。」

以女人的直覺來說──

萊德的房間裡，充滿了一股曖昧的氣息。

這個氣味難以形容，有熱水蒸鬱過的濕熱，有殘留的沐浴香氣，有難以明說的曖昧麝香。雖然房間十分整潔，但那隨意披掛在床面上的長袍，以及像黑蛇蜿蜒停留在地面的、大概是某個女人遺留的絲襪，都默默證實了早上經過此處時，她聽到的異常聲響並非錯覺。

「請躺下休息吧，法蒂……」

一路攙扶著法蒂娜來到床邊，萊德正準備讓法蒂娜躺下時，沒想到對方卻反而向自己伸出了手。

「陪我——」法蒂娜拉長尾音，朝萊德伸出雙手，毫不猶豫地攬住對方的後頸，將他拉近自己。

萊德先是一愣，瞳孔微微收縮，但那份驚訝很快地就消失了，他轉而嘴角一揚：「哦？妳當真以為我什麼都沒發現嗎？」

享受著被法蒂娜攬住後頸的滋味，萊德的笑容中帶著一絲不懷好意，以及興味富饒。

聽到萊德這麼說時，法蒂娜的心臟突然一陣緊縮，然而對方卻接續說出讓她更為緊繃的話：「打從一開始我就發現了，這一切都是妳精心設計的結果，對嗎？」

「你說什麼呢，我可是一句都聽不懂啊，萊德侯爵……」法蒂娜別開目光，閃爍其詞。

「叫我萊德。這就是妳想要的吧，法蒂娜？」萊德微微瞇起雙眼，笑看著在自己身下的法蒂娜，「一開始，是在餐桌下大膽地對我發動攻勢，再來是假裝酒醉……對了，那個隨從也是一起配合演出吧？」

「唔……」

沒想到萊德看似輕浮，卻能一路看透自己的行為，而且直到此刻才說出真話。法蒂娜心想，或許萊德這個人比預期中的還要難搞也說不定。

正當法蒂娜這麼想時，萊德又說：「那傢伙配合得真好，應該說演技絕佳，總算把妳朝我推近了一步。喔，我滿喜歡妳現在緊張的神情，法蒂娜。」

萊德雙眼直勾勾地注視著法蒂娜，欣賞著法蒂娜臉上不斷變換的表情。

「我明白的，我全都明白，但我總要表現出一點紳士的矜持，所以，一開始的確是猶豫了一下。不過，若妳想知道我真正的想法，告訴妳也沒關係。」

「萊德，你真是不解風情的男人啊。」即便聽聞萊德說了這些話，法蒂娜依然沒有鬆開她攬住對方的手，「這時候不應該用行動表現你的『誠意』嗎？」

「我只是不喜歡被人當成傻子而已，但我得給予妳的努力肯定跟獎勵。」萊德一手攬住坐在床上的法蒂娜，另一手挑起她的下巴，「如妳所願吧，法蒂娜。」

「恭敬不如從命，萊德。」

終於得手了。

前一秒，法蒂娜還以為自己的心思被發現了，還想著自己是否太過大意，低估了萊德這個人。然而，在聽到萊德說出方才那句話時，法蒂娜立刻明白，自己並沒有失敗。

「我就知道，妳和我是同一種人。真是如傳聞中的一樣呢，福斯特．法蒂娜。」

萊德滿意地看著法蒂娜，原本勾住對方下巴的手，轉而慢慢向下探去，一路滑到法蒂娜纖細的頸子，接著來到了法蒂娜的鎖骨。今晚法蒂娜換上了深V的禮服，她那雪白的肌膚、性感的鎖骨以及令人目不轉睛的溝壑，都能夠一覽無遺。

此刻，萊德正以貪婪又欲求的目光看著法蒂娜。

「連解開釦子的力氣都不需要，還真是一件很棒的禮服啊，法蒂娜。」

「那還不是為了能更快迎來這一刻——你說，我是不是值得稱讚？」

「嗯，的確值得誇獎，那麼接下來……」

正當萊德打算用手指挑開法蒂娜的禮服衣襟時，法蒂娜卻按住了他的手。這一舉動讓萊德很是不解，眉頭一皺便問：「怎麼，該不會是後悔了？」

「怎麼會呢，萊德，你可別小看我了。」

「哦？那這隻手是想阻止什麼？」萊德眼神向下，盯著法蒂娜制止自己的那隻手。

「不覺得這樣太沒意思了嗎？這麼快就直接進入正題的話，可就少了點興致了，不是嗎？」法蒂娜說道，「再說，這樣實在對我太不尊重了。畢竟，我可不是『早上』那種隨處可見的女人啊——我是亞弗公國的福斯特伯爵，即使是在這種情況下，你也應該牢記這點。」法蒂娜意有所指，說得一點也不客氣。

只見萊德笑了一笑，問她：「還真是霸氣的宣言，那麼妳想怎麼做？」

說完，便鬆開本來要拉開法蒂娜禮服的手，似乎打算好好聽一下她想說些什麼。

「我想要的，可不一般——」

轉瞬間，趁著萊德還沒有反應過來之際，法蒂娜一把將萊德反壓倒在床上，自己則跨坐著壓住他的胸膛。

萊德露出一臉吃驚的表情，他大概沒想到法蒂娜竟會如此主動，徹底顛覆了自己對她的想像，他忍不住說道：「手勁真大……妳還真是一個危險的女人，果真不能把妳當成普通人看待。」

「現在認清事實也不晚啊，萊德侯爵。」法蒂娜揚了揚嘴角，似笑非笑地說道，「我要的，是支配的主導權。」

「哦？主導權？」萊德收回驚訝的表情，笑笑問道。

「呵，繼續玩下去你就會知道了——首先，就從你這件礙事的衣服開始吧。」

法蒂娜揚著一抹挑逗的笑，手指攀附在對方衣襟前的釦子，還故意用指尖順著釦子的形狀繞著圈。

「就這麼想要一探究竟？妳還真是比我想像中的更加著急啊，法蒂娜。」

萊德低下頭看著法蒂娜的手指，腦中的思緒彷彿隨著她的手指不斷打轉，心臟也跟著對方微小卻煽情的動作起起伏伏。

「你這樣認為也沒關係，但我說了，我可不是普通的女人，這種事情……侯爵大人應該要先展現一點誠意吧？」

法蒂娜一點也不在意萊德的調戲，她的眼神只持續鎖定在萊德的衣服釦子上。

「啊，這點誠意我還是有的，讓妳欣賞一下我的好身材當然十分榮幸。」萊德爽快地應答，隨即又對法蒂娜說道：「不過……妳應該知道怎麼做吧，法蒂娜。」

「這當然難不倒我，況且侯爵都如此豪邁了，我也應該展示一下我的『誠意』才是。」

法蒂娜笑了笑，隨後繼續替萊德解開襯衫的釦子，從最上方開始，在她不疾不徐的動作中，讓萊德更多了一種難以描述的曖昧與心癢難耐。

一顆，兩顆，三顆……很快地，就只剩最後一顆釦子，原本藏在白襯衫底下的結實胸膛也若隱若現。

不得不承認，萊德的身材確實很好。結實隆起的胸肌，搭配偏深的蜜色肌膚，大概多數女性看了都會不由自主地心跳加快。

然而，這不是法蒂娜想見的東西。

還沒，她還沒看到——

「吶，可以脫下襯衫了吧，萊德……」

法蒂娜已經將雙手抓住襯衫邊緣，打算一口氣脫下這件「礙事」的遮蔽物。

「既然妳都這麼說了……」正當萊德打算張開雙手，讓法蒂娜得以一鼓作氣脫下襯衫之際——

——噹噹噹噹噹！

忽然間，一道震耳的鐘聲彷彿要貫穿耳膜一般，赫然插進法蒂娜和萊德之間。

在這種情況下，完全出乎意料且照理來說不太可能出現的教堂鐘聲——

「場景……變了？」

法蒂娜先是被鐘聲震得一時有些分神，接著才注意到四周景色已經徹底改變。

明明還待在萊德房間的床鋪上，可是周遭的樣貌竟變成一座不知名教堂，看著巨大的十字架，以及不斷傳來的震耳欲聾的教堂鐘聲，彷彿正在嚴苛地指責他們此刻的齷齪行為。

很快地，法蒂娜就意識到這是怎麼一回事，而萊德似乎更為熟悉這種變化，只聽他「嘖」了一聲，不悅地皺起眉頭：「又來了……雷妮那個女人真是有夠麻煩的。」

「果然，是雷妮做的吧？但是她為什麼要這麼做？難不成你跟她……」

從萊德口中聽到這個名字，法蒂娜並不是特別意外，因為她知道能讓周遭環境產生如此大的變化，只有擁有少見魔法能力的雷妮才能做到。

而她早就意識到雷妮和萊德之間的關係似乎並不單純，但還是裝作什麼都不曉得一般試探著。

「哈哈，我怎麼會跟那種女人有什麼……」

萊德乾笑了幾聲，目光閃爍，開始心不在焉起來。眼見萊德有些分心，法蒂娜忽然將手托著他的右臉頰，扳過頭來問道：「那麼，我們就不用管她繼續？」

「啊？在這種情況下繼續下去……」萊德愣了一下，露出有些懷疑的表情。

法蒂娜又趕緊說道：「不是說沒關係嗎？況且在這種情況下，也是有另一種挑戰禁忌的刺激感呢……」

正當法蒂娜打算繼續扯開萊德的襯衫時，對方卻反抓住她的手腕，制止了她的行動：「別了，下次吧。被那女人這麼一搞，我的興致都沒了。」

「那還真是可惜啊……」

雖然不意外聽到這樣的答覆，法蒂娜臉上仍難掩失望。當然，她不是因為錯過一夜春宵而感到失望，但這樣的神色，看在萊德眼中就和欲求不滿沒什麼區別。

隨後，萊德將自己的襯衫拉攏，重新逐一扣上釦子。當他這麼做時，周遭的景色又瞬間改變，變回了原本寢室的模樣。

雖然不知道雷妮是如何辦到的，但魔法的世界本就不是一般人能夠理解。

「抱歉，讓妳的期望落空了，之後我們還有的是機會。再說了，第一天見面就發展這麼快，也就少了點樂趣嘛。」

萊德將法蒂娜額前的瀏海撥開，低下頭輕輕地琢了一下，說完還朝法蒂娜眨了眨眼。

「呵，這倒是呢。」

儘管差一點就能達到目的，但事到如今，法蒂娜也只能應和對方。畢竟這種事情，本來就要一點運氣跟氛圍，更何況——太快揭曉答案，確實少了點驚喜。

「我會好好教育那個女人的，法蒂娜。」萊德一邊整理服裝儀容，一邊對著法蒂娜說道。

法蒂娜沒再說多說什麼，只是在整裝的過程中，不時瞄向萊德腰腹的位置。

差一點，明明就只差一點點了。

「法蒂娜大人，您看起來心情不佳？是還沒得手嗎？」看著一臉不悅回到自己房間的法蒂娜，黑格爾關切地詢問。

儘管早已從法蒂娜的臉上讀取到答案，黑格爾還是想聽聽整件事情的來龍去脈。

「你說呢？哼，就差那麼一點。」

法蒂娜不滿地哼聲，接過黑格爾遞給她的熱茶，輕啜一口。這是黑格爾特別沖泡的、能夠舒壓放鬆的茶飲，是從亞弗公國特意帶過來的，法蒂娜一喝就知道。

「只差那麼一點？究竟是怎麼回事，明明您看起來已經得手的樣子，本來我還在想，您要如何在得手之後脫身呢……」

聽到法蒂娜的回應後，黑格爾有些意外，隨後又一手托腮若有所思。

「還不是半路殺出了一個程咬金。」

法蒂娜的臉上流露出一絲不悅，沒得手的不甘與煩悶，在黑格爾面前毫不遮掩。

「您說的，是指雷妮小姐？」黑格爾眉頭一挑，問向法蒂娜。

「你果然早就看出來了是不是？知道那女人會礙手礙腳？」

聽到黑格爾這麼問的當下，法蒂娜一點也不意外。

「雷妮小姐的異狀，早在第一次和她見面時就多少看出端倪。她肯定和萊德侯爵有什麼不可告人的關係，尤其是她如此執著於阻撓您，更證實了我的猜測。」黑格爾接續說：「不過，法蒂娜大人您應該也早就看出雷妮小姐的異狀了吧？」

「哼，你都看出來了，我怎麼可能沒察覺到？只是，我有點低估了那女人的行動力，居然敢明目張膽阻礙我和萊德。」法蒂娜伸出食指，輕抵著自己的下巴，皺了皺眉頭，「可見那女人如此囂張已經不是第一天了。依我看，萊德大概也不是第一次如此縱容她，否則照理來說，雷妮的身分既不是侯爵夫人，就連未婚妻都談不上，憑什麼可以如此傲慢。」

「法蒂娜大人說得是，看來若您想繼續進行任務，就得先想好如何處理雷妮小姐的問題了。」

「真麻煩，要是能直接讓她再也無法動彈就好了。」

「法蒂娜大人，您可別動不動就說出如此可怕的話啊。」隨後，黑格爾又倒了一杯熱茶遞給法蒂娜，「再喝一杯熱茶，平復一下心情吧。冷靜盤算，才能對事情有所幫助。」

跟隨法蒂娜多年，黑格爾其實很了解，法蒂娜大人雖然總是一副口出惡言、好似想致人於死地的模樣，實際上她壓根不可能那麼做。

當然，對於阻擋在自己面前的障礙，法蒂娜大人也絕對不會手下留情，但黑格爾明白，法蒂娜大人依舊存在著自己的底線。

「這個雷妮，的確需要找個辦法好好處理才行。我可沒那麼多心思跟時間再陪萊德玩什麼『情人遊戲』，要不是我一定要親眼確認，我才不想和那傢伙多接觸哪怕一秒鐘。」

法蒂娜處心積慮接近萊德，甚至不惜以身體大膽誘惑——為的就是要看到萊德下腹部接近私密部位的地方。

不是為了別的，就只是為了看清楚那裡是否有「紅色如獠牙的胎記」。根據法芙娜姐姐當初留給她的信件，上面曾經提及真凶身上疑似有著這樣的胎記。

「法蒂娜大人，請您放心，關於雷妮小姐的事情我會幫您好好調查的。只不過，要再委屈您繼續引誘萊德侯爵……為了您的目的。」

如果可以，黑格爾一點也不想再讓法蒂娜大人繼續做這種事。有時候，他還真有那麼一點羨慕，羨慕那些被法蒂娜大人列入「清單」的嫌疑人。

雖然他們最終有可能遭受到法蒂娜大人的制裁，但有句話不是這麼說的嗎？「牡丹花下死，做鬼也風流」，倘若真的栽在美麗尊貴的法蒂娜大人手裡——啊，人生也算是值得了。

「這點你不用擔心，我會看著辦。為了姐姐，我早已捨棄一切不必要的尊嚴，不再是以前那個單純天真的我了。」

法蒂娜喝光方才黑格爾倒給她的茶後，將精緻的茶杯放回盤子上，眼神中透露出一股冷冽。

「那麼，法蒂娜大人，也請您記得……」黑格爾眼簾低垂，單膝下跪，一手覆在胸前對著法蒂娜說，「若您是為復仇而生的工具，那麼我將是您忠心的芻狗，哪怕被踐踏或出賣一切都在所不辭——請記得，在這條復仇之路上，您並不孤單。」

聽到黑格爾如此說著，看到這樣的忠誠為自己所驅使，法蒂娜先是稍稍一愣，隨後輕笑出聲。

「哈。」法蒂娜揚起嘴角，挑起黑格爾的下巴，以一種絕對的尊貴姿態凝視著他，「不錯嘛，復仇者跟獵犬，你的這份心意我就收下了。」

「那麼，現在就讓我幫您清除掉阻擋在眼前的障礙，如獵犬一般替您將獵物的咽喉緊咬不放，至死方休。」

黑格爾抬起頭，視線筆直地凝望著法蒂娜，說的每一個字都十分堅定有力。

隨著夜色逐漸深沉，海之碉堡外的風嘯聲也越來越大。外面的海風強勁，將碉堡內的窗戶都吹得微微發出震動。

氣溫同樣變得更為寒冷，雖然大廳中的壁爐沒有間斷地燃燒著柴火，但對在這裡忙著打掃清潔的女僕們來說，並沒有太大的溫暖作用。

艾兒是海之碉堡內算得上資歷較深的女僕，她十五歲時就來到了這裡，展開她身為女僕的生活。一晃眼，十年過去了，如今二十五歲的她仍是孤家寡人，卻依舊十分渴望著愛情。

不過，她也和一般人一樣，喜歡私下討論八卦、嚼嚼舌根。這天晚上，她一如既往地和身旁的同伴們談論起她們這群女僕這幾年來最愛聊的一個話題人物。

「妳說說，今天新來的亞弗公國的女伯爵，會不會動搖到那個女人的地位呢？」艾兒拿著掃帚，一邊掃著地，一邊問向在一旁擦著玻璃的少女。

「論身世論人品論外貌，雷妮哪裡可以跟亞弗伯爵殿下相比？萊德大人一定很快就會被亞弗伯爵給征服。」

「不，妳會這麼認為，肯定是因為妳只在海之碉堡工作一年的緣故。」艾兒搖了搖頭。

她的否定馬上獲得對方納悶的詢問：「怎麼說？難道艾兒妳認為亞弗伯爵比雷妮遜色？不會真的那樣想吧？」

「當然不是，我並不是針對亞弗伯爵，也不是針對雷妮，只是想糾正妳剛剛最後的那句話。」

「哈啊？我最後的那句話？」聽到艾兒這麼說的當下，女僕露出費解且有點難以接受的表情。

「妳可能說反了……恐怕，是亞弗伯爵很快就會被萊德大人所征服。」

艾兒的語氣十分堅定，雖然話說得好似還有一點保留，但旁人都聽得出她對此深信不疑。

正當擦窗戶的女僕愣住的時候，一旁傳來一道磁性的嗓音。

「這倒是讓我很有興趣呢，請問我有榮幸一探究竟嗎？艾兒小姐？」

循著聲音回頭一看，艾兒只見一道身穿黑色西裝，雙手戴著黑色皮革手套，宛如黑夜貴公子的男人優雅緩步地走向她們。

「是伯爵大人身邊的隨從……」

一旁的女僕稍稍屏住呼吸，對於黑格爾的現身感到有些意外。而黑格爾向來出色俊美的臉蛋跟挺拔的身材，總是讓許多女性的雙眼忍不住露出羞澀的光彩。

至於艾兒，她半張著嘴，似乎正苦惱著該如何稱呼與回應。

黑格爾察覺到少女的猶豫，便先行說道：「請直接稱呼我為黑格爾就好，艾兒小姐。」

「咳，請問黑格爾先生，你是認真想瞭解嗎？這可不像是您一名隨從應該有的作風。」艾兒清一下喉嚨，隨後一本正經地問向黑格爾。

「想要了解一下自家主人身邊的人，特別是異性，這有什麼好奇怪的嗎？還是說……」話未說完，黑格爾突然一個箭步上前，強硬地將艾兒逼到牆角，「咚」的一聲將手撐在牆壁上，「難道艾兒小姐認為我的魅力比萊德大人遜色很多嗎？」

剎那間，不僅旁邊目睹這一幕的女僕驚訝地捂住嘴巴，當事者更是雙眼睜大，兩頰飛快地漲紅，愣愣地說不出半句話來。

「沒、沒有……絕、絕對沒有這麼認為……」

艾兒的呼吸變得十分急促，面對強勢的黑格爾，她感覺自己彷彿吸不到下一口氣，快要窒息了。

「那麼，現在可以告訴我有趣的事了嗎？艾兒小姐？」

當黑格爾再一次對艾兒提問時，眼神同時望向在一旁觀看的女僕，女僕接收到黑格爾的目光，立刻羞怯又識趣地轉身離開。

「好了，現在只剩下我和妳了，艾兒。對了，我能直接稱呼妳『艾兒』吧？」

眼角餘光確認四下無人之後，黑格爾將手放下，微微笑著問向對方。

「唔，黑、黑格爾先……」

「請直接稱呼我『黑格爾』，艾兒。」

「黑、黑格爾……你感興趣的……是關於萊德大人？」

「嗯，說穿了就是一種競爭關係，我可不想輸給萊德大人呢。雖說身分地位上輸了一大截，但即便如此，我也不想在各方面都輸得徹底啊。艾兒，妳說是不是呢？來吧，跟我說說，妳眼中的侯爵大人是怎樣的一個人？」

「那、那個……只能說侯爵大人是個……是個很懂得如何擄獲女性芳心的人……」

「只是這樣而已嗎？會不會太籠統了？我也可以說自己很懂得擄獲女性芳心不是嗎？」黑格爾接續道：「有沒有什麼比較具體的案例？比如……雷妮小姐是如何死心塌地跟著侯爵大人？」

「雷妮嗎？哼，她的確是死心塌地跟著侯爵大人沒錯。但是，某方面來說也是因為她可憐的出身吧……」

「哦？怎麼說？那位看起來美麗動人的雷妮小姐，而且還是個具備魔法才能的少見人才，怎麼會是出身可憐之人呢？」

「聽說……我只是聽說喔……」艾兒探出頭來，再次確認似地四處查看了一下，這才回答了黑格爾的問題，「聽說，雷妮原本是在動力管道工程裡的一個小員工而已。」

「動力管道工程？啊，是最近獅子心共和國的鐵血宰相在各國開展的經濟建設吧。原來雷妮小姐不是出身名門望族？」

黑格爾回想了一下，動力管道工程近來可說是蘭提斯大陸上最重大的事件，從去年年底由鐵血宰相赫減提出後，他便代表獅子心共和國陸續和其他國家簽署合作條約。向來和獅子心共和國友好的海斯王國當然也不例外，他們應該是蘭提斯大陸上最早簽下合約並實施工程的國家了。

只是出乎黑格爾的意料，想不到萊德會讓雷妮這種身分的女人與自己如此親近，這不像是有著貴族統治精神、講究封建體制的海斯貴族會做的事。

「當然不是，雷妮最早就只是個普通的平民，在動力管道工程中還是最低階的送飲料賣零食的兜售小姐而已。」艾兒搖搖頭，立刻否定黑格爾的說法。

「那麼，雷妮小姐是怎麼搖身一變，成為侯爵大人的貼身之人呢？關於這點，艾兒小姐知道嗎？」

「這我就不清楚了。我只知道，有一天，侯爵大人突然將雷妮帶到大家面前，也沒說明她是什麼身分，只是要我們從今起好好服侍她。」面對黑格爾的問題，艾兒歪著頭想了一下，眉頭微微皺起。

「那麼，艾兒小姐又是如何知道雷妮小姐之前是動力管道工程的兜售小姐呢？」

「啊，那是因為有一次，我恰好去打掃她的房間，無意間發現的。」艾兒往前湊近黑格爾，小小聲地說：「打掃的過程中，我不小心發現一張掉在她房間桌子底下的證照。」

「證照？」

「嗯，就是動力管道工程的員工證。在那邊工作的員工，不管做什麼，都會發放一張員工身分證，上面記載了姓名和職位。我就是看到那張證照，才知道原來雷妮曾經是動力管道工程的兜售小姐。」

就像怕其他人聽見一樣，一說完，艾兒馬上拉開和黑格爾之間的距離。

「原來如此……不過，這好像跟妳前面說的話沒有太大關聯？妳不是說，侯爵大人很懂得征服女性的心嗎？從雷妮小姐的事情來看，好像無法支持妳方才的觀點呢。」黑格爾把話題重新回溯到最開始，問向艾兒。

「那是因為你沒有聽我把話說完。實際上，雷妮一開始並不像現在這樣，對侯爵大人如此在乎。」

「哦？這話怎麼說？我可是很好奇呢。」黑格爾的嘴角微微上揚，笑著問道。

「雷妮她，起初剛被侯爵大人帶回來的時候，和侯爵大人之間的關係並不是很好……不，該說是很不好。」

「真是意外，沒想到如今如此在乎侯爵大人的雷妮小姐，竟曾經和侯爵大人關係惡劣？」

「這是真的，記得雷妮剛來的時候，處處都跟侯爵大人作對。」艾兒又說：「她不是會魔法嗎？當時啊，雷妮可是一天到晚使用魔法能力，想盡辦法給侯爵大人難堪。」

「還真是難以想像，現在的雷妮小姐，可是一副隨時都能為萊德侯爵差遣的模樣……」聽完艾兒的闡述後，黑格爾一手托著下巴，若有所思。

「對吧？真不知道侯爵大人用了什麼手段，才將雷妮收服得服服貼貼。所以我才說，如果是我們家的侯爵大人，有可能很快就能征服亞弗伯爵……」

「不會發生那樣的事。」

沒有等艾兒把話說完，黑格爾直接打斷她，語氣雖然強硬，臉上卻依然掛著笑容。

但看在艾兒眼裡，臉上堆著笑容的黑格爾，反而有一點令人害怕。

「我不會讓那樣的事發生……不，應該說，我們家的伯爵大人也不是省油的燈。」黑格爾維持著看似迷人卻透點冷冽的笑容，「不過，還是謝謝妳解開了我的疑惑，艾兒小姐。」

話題暫且告一個段落。就在黑格爾準備離開時，艾兒突然像是又想到什麼似地，對著黑格爾說：「那個，不知道該不該說……還有一點我也覺得很奇怪……」

「嗯？哪方面讓妳覺得很奇怪呢？」黑格爾停下腳步，回過頭來問向艾兒。

「雷妮她……自從對侯爵大人百依百順後，整個人就變得不太一樣了。」

「這話怎麼說？」黑格爾一邊的眉毛微微上挑。

「該怎麼說呢……她突然變得死氣沉沉、臉色蒼白。雖然她都會化妝，底子也還算漂亮，但依然看得出來她的氣色很差。」艾兒補充道：「不只是整個人看起來很沒精神，就連個性也完全不一樣了，變得沒有以往那麼愛反抗。而且，除了侯爵大人指派她出現的場合外，幾乎不見她的蹤影。你說，這不是很奇怪嗎？」

「的確有違常理。謝謝妳告訴我這麼多，艾兒小姐。那麼，最後我好奇地再問妳一句。」

「你想問什麼呢？」這回，換艾兒露出有點納悶的表情。

「艾兒小姐為何如此積極地透露出這些訊息呢？」

「什、什麼叫做很積極?我哪有,我只是回答你的問題而已……」艾兒眼神閃爍,迴避著黑格爾的目光。

「呵,其實也不用妳說,我也大概明白。總之,還是很謝謝妳,艾兒小姐。」黑格爾禮貌地欠身,抬起頭,「這對我家伯爵大人來說,受益良多呢——」

The Villain Earl's
Discipline Diary

第五章

夜幕低垂，法蒂娜站在窗前，望著外面漆黑一片，耳邊充斥著當地最著名的樂曲——海風呼嘯與狂浪拍打的合奏。

厚厚的玻璃窗即便已經經過加固，仍無法完全抵抗住強烈的海風，正不停微微晃動著。窗戶上，映出法蒂娜纖細窈窕的身影，在彷彿無邊的夜色中，唯有她的雙眼目光如炬，堅毅明亮。

「你回來了啊，黑格爾。」

縱使黑格爾近乎無聲無息地走進房內，法蒂娜依舊透過自身敏銳的感官察覺到動靜。

「是，久等了，法蒂娜大人。」黑格爾一手覆在自己的胸口，低下頭來，尊敬地回應。

「打探到有用的消息了嗎？」法蒂娜緩緩地轉過身，拿起盛著紅酒的高腳杯，慵懶又霸氣地問向黑格爾。

「是的，這就跟您一一彙報……」

黑格爾走向法蒂娜，低聲向自家主人呈報了今日所得到的資訊。話說完後，便往後退了一步，拉開和法蒂娜之間的距離，並垂下頭來等候對方回應。

「哼，萊德那傢伙，果然是個有意思的人。我倒是很想看看，他會用什麼手段來征服我。」聽完黑格爾的彙報後，法蒂娜嘴角微微上揚，頗富興趣地說道。

「還請法蒂娜大人多加小心，萊德聽起來似乎比我們預期中還要複雜難測。倘若他真是犯人的話……」

「什麼時候允許你質疑我了，黑格爾？」沒讓黑格爾把話說完，法蒂娜右邊眉毛往上一挑，不客氣地質問。

「是屬下的錯，我不該質疑法蒂娜大人的能力。」黑格爾馬上低頭認錯，本就垂低的頭，壓得更低了。

「抬起頭來，看在你知錯的分上，我就原諒你了。倒是關於雷妮，你怎麼看？」

「根據艾兒的言論推測，雷妮與其說是被萊德吸引，更像是被萊德所控制一樣。」抬起頭後，黑格爾再次將目光對上法蒂娜，正色說道。

「跟我想的一樣。但是，她故意干擾我和萊德親密互動，感覺不單純是因為受到控制。」法蒂娜啜了一口杯中紅酒，「很明顯，那是嫉妒。這是無法控制的情感，同為女人，我能理解。」

「這麼說來，雷妮她像是被萊德控制，卻又出於真心想要占有萊德……這不會太複雜矛盾嗎？」

「不，女人就是這麼矛盾又複雜的生物。總之，你負責處理雷妮，想辦法找出萊德是如何控制她的。是你的話，應該輕而易舉吧？」

「是，我定會竭力完成法蒂娜大人交付的任務……」黑格爾話還未說完，忽然一個轉身，衝向門前，低聲地對著門的方向喝斥：「是誰在偷聽！」

此話一出，門外立刻出現一道零碎的腳步聲，像是有人倉皇逃離現場的聲音。心知人已走遠，黑格爾重新回到法蒂娜面前，手再次覆於胸前問道：「法蒂娜大人，海之碉堡內一直有人打聽我們的一舉一動，您需要屬下做一些防範嗎？」

「不用，就這樣。不管是誰，既然他有心打探，那就讓他打探。更何況，我們偶爾還可以反過來利用一下。」法蒂娜搖搖頭，否定了黑格爾的提議。

「遵命，果然還是法蒂娜大人想得更加深遠。」

「不用特意奉承我，你知道我不吃這一套，黑格爾。」

「那您也知道，我對您說的每一句話，都是真心話。」黑格爾說得毫不猶豫。

「哈，這倒是。」法蒂娜笑了一下，隨後轉身面向床鋪，「我累了，今天就先這樣吧，明天一早還得和萊德那傢伙出門一趟。」

「法蒂娜大人，您要去哪裡呢？」黑格爾眨了眨眼睛，對著法蒂娜問道。

「海斯王國的動力管道施工工程處。這是來到海斯王國，必須參訪的行程之一。」

「啊，因為您是以亞弗公國伯爵繼承者的身分來訪，當然必須參訪海斯王國內的各項建設跟活動了。」黑格爾稍稍抬起眼想了一下，再點點頭答覆。

「雖然我沒什麼興趣，但這是我坐上這個位子的責任所在。」來到床邊，法蒂娜一邊讓黑格爾褪去自己穿在最外層的黑色長衣，一邊回應著對方。

「辛苦您了，法蒂娜大人，那麼明天我也……」

「不，明天你不用跟著我去。」

「不用跟您一起去？法蒂娜大人這是……我明白了，您是想讓我去執行別的任務，對嗎？」

黑格爾先是一愣，不過很快地，他就察覺到法蒂娜別有用心。黑格爾將法蒂娜脫下的外套先在手腕上摺好，再掛在一旁的直立式衣架上。

「嗯，我從萊德的口中得知，明天的行程他會帶雷妮一同前往。」

在黑色大衣底下，是一件絲綢緞面的銀白色睡衣。深V的蕾絲滾邊設計，讓法蒂娜胸前深深的溝壑一覽無遺，雪白的肌膚彷彿吹彈可破。

「真是奇怪，萊德侯爵竟會讓雷妮隨同參訪？這可真不像是海斯貴族會做的事，尤其雷妮只是個平民出身的女性，和萊德之間更無任何婚約關係，就連對方的情人都稱不上……」黑格爾一手拄著下巴，起先流露出一絲驚訝，再轉而若有所思。

「雖然我也滿在意的，但這並非我不讓你跟去的原因。」

「法蒂娜大人要我做的，是趁萊德跟雷妮都不在海之碉堡的時候『做點什麼』吧？」在反問的同時，黑格爾也默默看著法蒂娜爬上床，掀開棉被緩緩地躺了下去。

「你向來都很清楚自己的職責，這也是我一直很欣賞你的地方，黑格爾。」

法蒂娜躺上床，拉好被單，閉上雙眼。

「謝謝您的讚許，法蒂娜大人。那麼，祝您一夜好眠。」上前一步，順好法蒂娜身上的被單後，黑格爾一手覆在胸前恭敬說道。

沒有再等到法蒂娜的回應，黑格爾從微微傳來的深沉呼吸聲判斷，他美麗尊貴的法蒂那大人已然進入沉睡。

「法蒂娜大人……」黑格爾低聲呢喃，眼簾低垂，更加靠近床上的睡美人。

他深情款款地凝望著法蒂娜，平時強勢的法蒂娜大人，只有在夜晚熟睡的時候，才會露出毫無防備的睡顏。

也只有在這個時候，他才能偷偷地沉浸在這專屬於自己的美好時刻。黑格爾心想，在整個蘭提斯大陸上，也只有他可以看到這珍貴的一幕了吧。

所以，哪怕是被貼上褻瀆的標籤，他也要冒著被非議的風險繼續下去。

「好好睡吧，我美麗尊貴的法蒂娜大人。我會一直守護支持著您，直到您完成心願為止……」

輕輕一啄，一個輕如鴻毛的吻不著痕跡地落在法蒂娜額前。

帶著濃濃的眷戀，依依不捨地抬起頭後，黑格爾轉身離開，回到另一邊他專屬的床鋪上。

在黑格爾走遠後，在床上的睡美人，默默地睜開了雙眼。

「姐姐，粗乃玩嘛，粗乃玩好不好？」

小小的臉龐從窗戶外探出頭來，圓滾滾的大眼睛閃亮亮地望著屋內，透過窗戶的一點縫隙小小聲問道。稚氣的外表，可愛臉蛋，再搭配發音不準的說話方式，那模樣十分惹人憐愛。

她望著屋內在書桌前坐姿端正的少女，少女暫且放下手邊閱讀的書籍，轉過頭來向她搖了搖頭。

「為什麼不能？只要一下下就可以嘛，好不好，法芙娜姐姐？」

窗外的小女孩兩眉垂下，她努力地踮著腳尖，身高不夠高的她，面對這扇窗戶的高度頗為吃力。

在小女孩不斷地央求下，書桌前的少女只能無奈地苦笑，先是偷偷看了看四周有沒有其他人，隨後趕緊走向窗臺，對著小女孩說道：「法蒂娜，再等等姐姐好不好？妳知道的，今天這些書沒看完，爸爸是不會讓我出去玩的。」

「為什麼一定要看完那些書？那些書很重要嗎？有比跟我玩重要嗎？爸爸好奇怪喔。」小女孩一臉困惑地歪著頭，用天真的口吻問向面前的少女。

「當然很重要啊，妳忘了嗎？姐姐是亞弗公國未來的伯爵繼承人，是要代表福斯特家族的人，我必須多讀點書，多懂一些事情，要更加了解蘭提斯大陸上各國的知識才行。」稍稍地再將窗戶打開些，法芙娜將手伸了出去，溫柔地觸摸著女孩柔軟如棉花糖的臉頰，「姐姐知道妳不喜歡這些，還好姐姐比妳早出生一點，這些責任就交給我吧。妳先去玩，姐姐會努力盡快把今天的進度看完，再去找妳。」

「唔，好吧，姐姐加油，要趕快看完粗來跟我玩喔！要一輩子跟我在一起陪我玩喔！」被法芙娜摸著臉頰，瞇起雙眼，看上去就像一隻被摸頭的貓似的，女孩用堅定卻又單純的口吻對著少女說道。

「我會的，姐姐答應妳，法蒂娜。」

法芙娜輕輕的一聲允諾，如此堅定，如此溫柔。

「法蒂娜，妳在想什麼呢？想得如此出神？」

一道低沉的男性嗓音從耳後傳來，距離之近，連對方說話時的熱氣都能感受到。法蒂娜不用回頭也知道，出聲詢問自己的人正是萊德。

萊德站在法蒂娜背後，近乎是快了貼上去，只留存著一點點曖昧的空間。

「我只是有點驚訝，想不到你們海斯王國的動力管道工程進度這麼快。」法蒂娜沒有回過身，只是看著前方，面無表情地回答。

「哈，原來是這件事啊。我們的福斯特伯爵果真不是一般的女性，和我待在一起，卻只想著正事。」

萊德聽了法蒂娜的回覆後，笑了一笑。正當他準備拉開和法蒂娜之間的距離時，法蒂娜卻不動聲色地往後伸手，拉住了萊德的衣角。

「那是萊德侯爵太不了解我了，我可是能夠一心二用的女人，既能想著眼前的正事，也能想著身後的人。」

雖然雙眼沒有看向萊德，但她的手卻曖昧地抓著對方的衣服，這讓萊德忍不住流露出頗為滿意的笑容。

「法蒂娜，妳真是一個很有意思的女人呢，總是讓我難以捉摸。」

「太好猜透的話，就跟你以往接觸過的女人一樣了，不是嗎？」法蒂娜一邊說，一邊嘴角上揚，她轉過身使力將萊德拉得更靠近自己，抬高下巴壓低嗓音對著萊德說：「我可不是習慣被征服的女人，向來只有我征服別人的分。」

「呵，那就看鹿死誰手了，法蒂娜。」

他與法蒂娜的唇幾乎只存在著一點點的距離，彼此都能感受到雙方的呼吸，以及彼此身上曖昧的氣味。

法蒂娜的身上，環繞著一股淡淡的薄荷芬芳，而萊德散發出來的，則是高級美酒的焦糖香氣。

兩人就這麼互相凝望了好一會，直到身旁傳來一道咳嗽聲，打斷他們彼此的注目。

「咳咳，萊德大人，您不是要向伯爵大人介紹海斯的動力管道工程嗎？您可別忘了，開放參訪的時間有限。」

被點名的萊德和法蒂娜回頭一看，說話的人正是跟著萊德一同前來的雷妮。她穿著一身漂亮的禮服，華麗的裝扮看似優雅，卻沒有真正貴族的氣質，只有用金錢堆疊出來的俗豔。

不過，雷妮有一張和打扮完全不相襯的清秀臉龐，並且散發出一股冷冷的氣息，尤其是每當法蒂娜與她目光對上的時候，都彷彿能從雷妮的視線裡看出殺氣。

「嗯，謝謝妳的提醒，我一時忘了。」

萊德笑了笑，對雷妮唐突的打斷不但沒有責備，反而笑笑地向對方道謝。

「請跟我走吧，法蒂娜。雖然我們有很多話想聊，但也不能疏忽我們各自身為海斯王國與亞弗公國大使的職責。」萊德向法蒂娜伸出手，邀請她繼續往前行進。

「的確，反正我們還有很多時間可以繼續『深入』了解彼此。對吧，萊德？」

當法蒂娜這麼說的時候，眼神並非看向萊德，而是一旁明顯板著一張臉的雷妮。

雷妮明白這些話是說給她聽，但她卻什麼也不能說，只隱約聽到她冷哼一聲，隨後就走到萊德身後繼續前進。

「此處，如妳所見，我們海斯王國的動力管道工程已經來到第三期，距離完工日應該不遠了。」萊德和法蒂娜站在一條架在高處的鐵製空中走廊上，俯瞰著底下大片的動力管道工程，他迎著高處的風，對著法蒂娜介紹。

法蒂娜聆聽著萊德的介紹，在對方說明的同時，法蒂娜也在思考著動力管道工程。

這是近幾年來，各國之間非常火熱的議題。

「動力」，是蘭提斯大陸上不可或缺的重要能源，先前的L5能源高峰會圍繞的主旨，就是關於動力的資源不均一事。

每個國家想要發展自身的經濟、工業與科技，都需要大量的動力能源。然而由於地理位置跟天然資源稀缺的緣故，並不是每一個國家都能坐擁豐富的動力能源，進而衍生出國家之間的發展落差和貧富懸殊等問題。

「動力問題」一直在各國之間爭執不休，大家為了爭奪動力能源，也相繼產生了許多紛爭，最慘烈的代價就是折損無數人命的戰爭。

在還未繼承爵位之前，法蒂娜多少聽聞過動力資源帶來的國家問題，直到後來才終於明白，姐姐之前閱讀的書籍中，十本裡有九本就是關於動力資源。

在正式接替姐姐的位子後，法蒂娜自然必須強化學習這方面的知識和訊息，進而更加了解動力資源不均的嚴重性。

其中，在蘭提斯大陸上，坐擁最多動力能源的國家，就是身為泱泱大國的「獅子心共和國」。

在經過多次各國協商與召開數次能源會議後，獅子心共和國的鐵血宰相赫滅提出了一個新的國際政策——動力管道工程。

「這些，可說是拜赫滅宰相所賜吧。」萊德雙敞開手，就像要迎接擁抱眼前的動力管道工程一般，讚嘆地說道。

「『為了能夠協助各國經濟與工業發展，獅子心共和國提議建造動力管道，將獅子心共和國的動力能源分散輸送到各國』……那傢伙是這麼說的吧。」法蒂娜回應著萊德，腦海裡響起赫滅當時在電視上公開演講的聲音。雖然已經過了好幾年，但法蒂娜至今仍印象鮮明。那時候提出這項政策赫滅宰相，一時間成為了蘭提斯大陸上最多人崇拜與敬仰的人物。

有人說他公正無私，有人說他通曉大義，甚至還有人說他儼然是蘭提斯大陸未來的新共主，儘管這樣的言論很快就在各方駁斥之下逐漸消失。

「是啊，看來無論你我，都對赫滅宰相當時說的話印象深刻，這也算是我們之間的共通點了？」萊德笑了一下，轉過頭對著法蒂娜問道。

「如果萊德侯爵想用這點來拉近我們之間的關係，還真是有點勉強呢。」

「呵，拉近關係？我們不已經是親密的關係了嗎？」萊德又笑了一聲，雙眼微微彎起。

「萊德侯爵，方才這句話你如果當著雷妮的面前再說一次，我可能會稍微相信一下。」這次換法蒂娜對著萊德勾起一笑，只是她的笑裡，藏著諷刺挖苦的意味。

「法蒂娜，妳就這麼在意雷妮嗎？我都不知道，我們強勢的亞弗公國伯爵大人，居然會吃醋呢。」在受到法蒂娜的嘲諷之後，萊德也沒有退縮，出言反擊。

「萊德侯爵，你這麼說就有點莫名其妙了。大家都知道，海斯王國是出了名奉行封建制度的國家，貴族跟平民之間身分懸殊，想必不用我說你也清楚。然而，根據我的了解，雷妮不過是一介平民，但你好像十分重視她啊？」法蒂娜說這段話的同時，眼神還刻意地看向附近的雷妮。

「哎呀，我本來只是開開玩笑，看來，妳是真的很在意呢……法蒂娜，妳對我身邊的女人就這麼羨慕？」萊德臉上掛著一抹富饒興味的曖昧笑容，接著壓低嗓音，突然湊近法蒂娜耳旁問道。

「隨你怎麼解讀，你要是那樣想我也不反對，畢竟……我可是一個充滿獨占欲的女人啊。所以，能告訴我你和雷妮是怎麼一回事嗎？可別告訴我，你完全忘了那傢伙曾經壞了我們的好事。」

法蒂娜並不否認對方的說法，還默默靠近萊德，伸出食指，在萊德腰腹的部位偷偷地用指尖慢慢來回挑逗著。

「嗯……太快說破不就沒有意思了？我啊，也是一個貪心的男人，我也想再多欣賞一下亞弗伯爵大人為我吃醋的模樣。」萊德思考了一下，隨後回應了法蒂娜。

聽在法蒂娜耳中，這個人就只是做做樣子找個藉口搪塞她，其實打從心底就沒有想要回答她的問題吧。

「沒想到萊德侯爵是這麼小心眼的男人呢，你不應該跟赫滅宰相一樣大器嗎？」法蒂娜故意淡淡地搖了搖頭。

「兩者可不能這麼相比，法蒂娜。妳怎麼知道，我在政治事業版圖上，沒有跟他一樣的抱負呢？就好比今天帶妳來看的動力管道工程——」萊德一手攬住法蒂娜的腰，拉近自己，讓她的身體微微撞在他的側身，「就是由我一手主導的。」

萊德接續說：「我們海斯國王陛下，將從赫滅宰相那邊分配來的重要資源全權交給我處理。是誰，能夠得到陛下的信任，得以執行這樣國家級的工程？又是誰，在各國之間能以最短的時間，完成這樣的工程規模？」

當萊德這麼說的時候，臉上充滿了自信的光彩，法蒂娜確實從這個男人身上，看見宛如雄獅一般的豪氣。就某方面來說，萊德的確是個有魅力的男性，只是法蒂娜從不為這些男性的魅力傾倒，忘了自己的目的。

「確實是，至少在海斯王國，侯爵大人的確是稱得上握有大權又受陛下青睞的閃耀之星。」法蒂娜先是稱讚了一下萊德，隨後又問：「那麼，萊德侯爵，可以告訴我你如此成功的祕訣是什麼嗎？」

法蒂娜維持著微笑，卻用手稍稍推開萊德，離開了對方的摟抱。

「我是很想與妳分享，但恐怕一言難盡……不如改天讓我們在深夜之中，品著香醇的美酒，促膝長談如何？」萊德一邊說，一邊湊近法蒂娜，輕輕觸碰著她的長髮，汲取她柔媚的香氣。

「嗯？僅僅是促膝長談還不夠吧？美酒當前，一醉之下，我恐怕也需要有個地方能好好休息……」

「妳都這麼要求了，我肯定會替妳準備能夠好好放鬆休息的地方……」萊德一邊回應，一邊繼續用鼻尖在法蒂娜的長髮之間摩挲，繼續享受著來自法蒂娜身上的清甜香味。

「對了，話說回來，雷妮去哪裡了？」

法蒂娜再度笑著推開萊德後，轉頭左右查看，就是不見本來還在附近的雷妮。

「妳還真是在意她呢，我想她應該在做自己的本分……我是說，應該在附近晃晃而已……」

就在萊德話還未說完之際，附近忽然傳來一聲淒厲的男性慘叫。

一聽見如此淒厲的叫喊，法蒂娜馬上邁開步伐，打算前往聲源一探究竟。但就在她要動身時，右手手腕卻被萊德一把抓住。

「等等，妳要去哪？」

「當然是去看看發生什麼情況了，難道萊德侯爵不好奇嗎？」法蒂娜回過頭，眉頭微微皺起，反問抓住自己的萊德。

「不，既然是慘叫聲，而且還是男人的慘叫聲，妳身為一個女性突然這樣衝過去不是很危險嗎？」

「萊德侯爵這是在擔心我的安危？」

「當然，這還需要懷疑嗎？」面對法蒂娜的問題，萊德同樣堅定地反問回去。

只是他沒料想到，在自己面前的女人，竟直接甩開他的手，淡然又簡短有力地回答：「不勞你擔心了。就算是女人，我也不是弱女子，若你看過我在L5能源會議上表現的話。」

法蒂娜帥氣地轉身就走，踩著高跟長靴，發出響亮的敲擊聲，沒有絲毫猶豫，快步走向方才慘叫的聲源處。

「哎呀呀，真是令人捉摸不透的獵物呢……但是，一旦捕獲，就更有征服的成就感啊。」面對對方揚長而去的瀟灑背影，萊德一手摸著自己的臉頰，忍不住笑了笑。

來到發出慘叫聲的現場，法蒂娜一看，稍稍一愣。

映入眼簾的畫面，是一名西裝筆挺、看似有點社經地位的中年男子，他一手扶著自己的右臉頰，似乎還能看到紅色的液體從指縫間滲出。

在男人對面的，正是從剛才就一直不見人影的雷妮。

「怎麼回事？」法蒂娜先是看了一眼坐在地上的男人，再轉頭看向不發一語的雷妮。

「這個瘋女人！居然敢弄傷我！」狼狽坐在地上的男人直指著雷妮，一見到有人來了，便趕緊出聲告狀。

「是妳傷了他？」法蒂娜轉過頭，問向雷妮。

然而，雷妮卻遲遲沒有開口回應。與其說是不回應，更像是氣得咬牙切齒，一時間沒辦法吐出半句話來。

從雷妮的表情來看，法蒂娜大概可以猜到眼前局面發生的原因。大抵是男人惹怒了雷妮，她才讓對方吃了苦頭。

只是究竟為何能讓雷妮大動肝火？她不可能不知道，在萊德的地盤鬧事會帶來什麼樣的麻煩。

雷妮不會不了解，想必這個男人也十分清楚，但他怎會突然招惹萊德身邊的女人？

「怎麼回事……唔……」

趕在法蒂娜身後而來的，正是萊德。起先他想詢問發生了什麼事，但看到眼前這兩人後，就將原本要說出口的話吞了回去。

「萊德侯爵！你是怎麼管教下人的？竟然讓你的人傷了我？」中年男子一邊

摀著自己的臉頰，一邊轉頭斥責萊德。

「雷妮，妳是怎麼了？快，快點向人道歉。」萊德聽了對方的話後，馬上命令雷妮道歉。

「我……我不要！」

雷妮咬著牙，彷彿十分艱難才吐出這幾個字。看著她難得表現出抗拒萊德的一面，在一旁的法蒂娜頗有興趣地挑起一邊的眉毛。

「萊德侯爵你看看！她就是這種性子，才會用她那噁心的魔法傷了我！你看看要怎麼賠償我！」中年男子氣得臉頰漲紅，憤怒不已地大吼。

「他……他太超過了……萊德大人，是他太超過了！」面對男子的怒斥以及萊德的要求，雙重壓力之下，讓雷妮忍不住紅了眼眶，聲音顫抖。

「什麼超過！我要碰妳是妳的榮幸！像妳這樣下等的女人，我碰妳都不嫌髒……」

充滿惡意攻擊的話還未說完，中年男子的雙腿之間突然踩進一隻腳，還差一點點就要踩到他的重要部位，男子頓時嚇得臉色刷白，錯愕地說不出話。

「哎呀，真不好意思，我好像把耳環掉在這裡了，但要跨過垃圾才能仔細尋找呢。」

循著冷冽的女性嗓音，中年男子抬頭一看，只見法蒂娜冷豔的面容出現在自己上方。

「妳、妳說誰是垃圾！還有這是在幹什麼！」中年男子一臉愕然，睜大雙眼看著法蒂娜。

「都說了，我在找耳環。不過，我看好像沒看見耳環，只看到地板上的垃圾。」法蒂娜淡淡地回應。接著，她歪著頭，摸了摸自己的耳朵，「啊，我都忘了，我好像沒戴耳環呢。」

「妳這個女人……」

感受到明顯的羞辱，中年男子怒而要對法蒂娜說些什麼的時候，法蒂娜率先冷冷地打斷他。

「不想被誤會成垃圾的話，只要站起來就好了不是嗎？還是說，你就這麼喜歡繼續坐在地上當『垃圾』呢？」

「妳！」

中年男子雖然憤怒，卻也趕緊扶著旁邊的牆柱站起身，正想針對法蒂娜指責一番時，一旁的萊德插嘴道：「先生，我勸你還是別再繼續糾纏下去比較好。在你面前的，可是擁有高貴爵位的人。無論如何，你都必須給我們一點尊重。」

「爵位？你說這女人……唔！這、這張臉我好像在哪裡看過……」

「好好記住我這張臉——若你不想提早結束生命的話。」法蒂娜收回腳，一手扠著腰，高冷地微微抬高下巴，用鄙夷的眼神看著對方。

「我、我想起來了！妳、妳是……亞弗公國的……」

「請容我介紹一下，這位就是亞弗公國的福斯特伯爵殿下，法蒂娜小姐。」

中年男子臉上的表情從憤怒漸漸變成驚駭的神色。

「竟然是妳……哼，不、不過就是一個女人而已，我會再找你算帳的，萊德侯爵！」中年男子悻悻然地撂下這句話後，怒哼著轉身離開，只留下萊德、法蒂娜和雷妮三人。

「真是狂妄的傢伙，那個人你認識？」法蒂娜回過身來，問向萊德。

「嗯，是動力管道工程的投資者之一，不過只是一個財大氣粗的平民罷了。」

萊德一手搔著自己的後腦勺，有些無奈地嘆了一口氣。

「哦，原來是投資者之一啊……」

那麼，投資者為何會找雷妮的麻煩呢？法蒂娜忍不住在心中懷疑。

不過，她並沒有打算開口詢問，畢竟她就算提問，萊德恐怕也不會據實以告。以她的直覺跟過往經驗來看，這其中肯定有什麼不能說的祕密。

倒是雷妮……

「妳沒事吧？」

法蒂娜將目光投向從數分鐘前就像木頭一樣杵在原地動也不動的雷妮。

「像妳……像妳這樣的人……」雷妮低下頭來，讓人看不見她此時的表情，但她的聲音顫動著，好似在強忍壓抑自己的情緒。

「像我這樣的人，怎樣？」法蒂娜一手扠著腰，一邊挑眉問向雷妮。

「像妳這樣出身尊貴的人，根本就不懂我……這種施捨的憐憫就不必了吧！」

雷妮再次抬起頭，目光如炬地瞪視著法蒂娜。她對於法蒂娜的怒意，似乎已經超越了剛才那名中年男子。

「雷妮，不許對福斯特伯爵如此無禮。」一聽見雷妮這麼說，在一旁的萊德馬上強硬地訓斥對方。

「萊德大人，連您都要這麼護著她嗎？我可是為了您……」聽到萊德對自己這麼說，雷妮的表情瞬間從憤怒變成備受打擊，語帶哽咽。

「雷妮，先跟我回去吧，有什麼話我們之後再好好說……」

萊德走向情緒激動的雷妮，湊近對方的耳邊，低聲說了幾句。

在一旁的法蒂娜完全聽不見他說的話。不過，無論他說了什麼，效果都十分明顯。只見雷妮漸漸平復心情，眼眶也沒那麼紅了，點了點頭後，就重新回到了平時那個聽從萊德指令的模樣。

看著萊德和雷妮之間的互動，法蒂娜覺得真是有意思，這讓她更想知道這兩人的關係了。

「我可以知道嗎？知道萊德侯爵你剛剛對她說了什麼？彷彿魔法咒語一樣，立刻就讓她平息怒氣了呢。」在萊德重新走回自己的身邊，與自己並肩而行時，法蒂娜揚起嘴角，笑笑地問向對方。

「既然都說是魔法咒語了，又怎麼能隨意透露呢？」萊德聳了聳肩膀，同樣微笑帶過。

「還真是神祕啊，你和雷妮之間的關係。連被一個老男人吃了豆腐，都還能繼續乖乖聽你的，難怪有人說你是個征服女性的高手呢，萊德侯爵。」

「高手這句話我就當作是奉承了，至於其他……我有些聽不懂呢，福斯特伯爵。女人之間的嫉妒跟猜測還真是可怕啊。」萊德一邊和法蒂娜同行，一邊回應她，雷妮則是安分地跟在他的身後。

「嗯，是啊，誰叫你總讓我沒辦法放心呢。萊德侯爵，這趟視察下來，我也有些疲憊了，我有個提議，你要不要聽聽看？」

法蒂娜停下腳步，回過身來面向萊德，展露出一抹美豔誘惑的笑容。

「這個萊德真是不知好歹——」法蒂娜沒好氣地碎念一聲，一邊讓黑格爾替自己更衣。

「那是他沒有福氣，您別為了這件事氣太久，法蒂娜大人。」黑格爾替法蒂娜脫下最外層的大衣，再用雙手輕柔地梳理她長長的秀髮，溫柔地回應。

「別說些有的沒的，我反而懷疑，他是不是有所警覺，所以在提防我。不然這麼恰到好處的邀約，為什麼不上鉤？」法蒂娜轉頭問向黑格爾，同時讓對方替自己脫去第二層衣物。

「會不會是您太過積極了?面對像萊德這樣深藏不露的人，有時候太過殷勤，反而可能會露出破綻。您還是先沉寂一段時間，之後再伺機而動吧。」

黑格爾站在法蒂娜身後，動作熟練地將法蒂娜最後一層衣物褪去。當所有衣物都已脫下，黑格爾迅速地背過身，讓法蒂娜自己完成接下來的動作。

「這麼說倒是有可能。男人真是奇怪，明明很喜歡女人主動撲倒在懷裡，但稍微密集一點的進攻又會有所提防。真是浪費了我事前叫你準備的池水跟營造好的氣氛。」

法蒂娜伸出光裸的腳尖，撩撥著溫熱的水面。

嘩啦嘩啦的水聲環繞著整個空間，這間偌大的澡堂，本來是法蒂娜預先請黑格爾準備好的「戰場」。

地點雖然仍是在海之碉堡內，但經過黑格爾的精心布置，燭光點綴，香氛襲人，加上遍灑水面的玫瑰花瓣，以及放在一旁的高級精油，這些都是法蒂娜原先要用來對付萊德的「武器」。

「本來想用這方式讓那傢伙脫個精光，找尋我要確認的胎記……現在好了，計畫泡湯。」

法蒂娜用腳尖測試了一下水溫，便一腳深入其中，整個人緩緩沒入水裡，僅露出胸口以上的部位。

「那麼，您就當作犒賞自己一天的辛勞，好好放鬆休息吧，法蒂娜大人。」

從聲音得知法蒂娜已經泡入水中後，黑格爾這才轉過身來，面對著法蒂娜。

「只能這麼做了，不然真是浪費了你精心的準備。對了，讓你留在海之碉堡探查的事情，有什麼進展嗎？」

法蒂娜將雙手伸展開來，慵懶又豪邁地放在浴池邊緣，她一頭銀白長髮隨意夾起，儘管只是非常隨性的造型，但旁人看了仍會覺得十分性感撩人。

「啟稟法蒂娜大人，這段時間我潛入了雷妮的房間，沒有發現太多情報……但有一樣物品令我十分在意。」

黑格爾站在浴池旁，站姿昂然，隨時等候著法蒂娜差遣。

「你在雷妮的房間裡搜出了什麼？」法蒂娜眉頭上揚問道。

「我已經將其中一部分保留下來，雖然我大致上有了猜測，但這恐怕不是我能斷定的事……」

「如果連你都無法下準確的判斷，那把東西交給我吧，我會找專家處理的。」

「您是要找『那位大人』嗎？」黑格爾似乎聽出了話裡的端倪，進而向法蒂娜詢問。

「除了他，我不信其他的『專家』。」法蒂娜聳了一下肩膀，隨後又道：「倒是你，過來幫我按摩一下吧。本來還不覺得累，泡了澡之後反而有點疲倦了，肯定是跟萊德那傢伙相處太久的緣故，光是跟他在一起呼吸空氣都覺得累。」

「是，法蒂娜大人，您需要精油按摩嗎？」收到命令後，黑格爾馬上來到法蒂娜的身後，看向擺在浴池邊緣的精油瓶罐。

「既然都準備好了，就用吧，沒給萊德那傢伙用也好，這瓶貴死了。」

「遵命，那麼接下來就請法蒂娜大人好好放鬆享受即可。」

黑格爾脫下平時總戴著的黑色皮手套，露出藏在其中的雙手。

若外人第一次見到他的雙手，大概都會在心中暗暗驚呼。大大小小的傷疤就像刺青一樣，經年累月地刻印在黑格爾的手上。

——醜陋。

這是絕大多數人看到他的雙手時，第一個冒出的念頭吧。

位子。

黑格爾不怕旁人如何看待自己，他向來只把那位美麗尊貴的大人放在唯一的位子。

只要能隨時待在那位大人身邊，吸取著有她存在的空氣，吹著和她一樣的風，這世界的其他美醜都對黑格爾來說毫無意義。

他之所以長年戴著皮手套，一方面是為了整潔與行動上的方便，用來隔絕一些隨時可能被噴濺到的液體；還有，就是為了法蒂娜大人尊貴的身分，所以他絕不讓手套離身。

曾經，就是由於他的這雙手，害法蒂娜大人被旁人閒言閒語。黑格爾不會忘記，那些王公貴族是如何嫌惡地看著法蒂娜大人，議論著她怎麼會聘用一個雙手滿是傷痕、如此醜陋的下人擔當貼身隨從。

黑格爾強忍著惱怒。

並不是因為那些人數落自己，而是他們說了法蒂娜大人的不是。

法蒂娜大人在他心中是最美麗、最尊貴的存在，任何人都不得在他面前詆毀這至上的光輝。

儘管法蒂娜大人一點也不在意，但從那次之後，黑格爾還是默默地戴起手套，若無特殊需要，基本上不會在外人面前脫下。

此刻，黑格爾放心地脫去手套，將雙手沾滿芬芳的精油，讓滑潤的液體均勻地塗抹在手掌中。

「嗯，這樣很好，力道不錯……」

法蒂娜閉上雙眼，她的肩膀正享受著按摩，除了恰到好處的手勁力道外，精油的香氣也讓她感到很放鬆。

「能得到法蒂娜大人的稱讚，是我的榮幸。」

黑格爾微微一笑，只有在面對法蒂娜時綻放的笑容，才是發自內心的。說他病了也無所謂，他在乎法蒂娜大人，而這世上唯一能治療自己的藥，也只有法蒂娜大人。

如果有一天，法蒂娜大人不存在或捨棄了他，那這世上就再也沒有自己的容身之處。

「黑格爾，我不是一個擅長道謝的人，但是，我知道你對我的付出。」法蒂娜稍稍垂下頭來，瀏海的陰影遮住了她的雙眼，「在姐姐離開以後，你就是唯一一個還待在我身邊的人。我不會跟你道謝，因為無論如何你都是我的隨從，某方面來說，這也是身為一名隨從該做的事……」

法蒂娜緩緩抬起頭來，將左手移至肩膀上，按住本來在幫自己按摩的手。

「我希望──你也可以當成是命令，我希望你一直待在我的身側，這點你做得到嗎，黑格爾？」法蒂娜用著比平時還低沉的嗓音，按住黑格爾的那隻手稍稍用力。

面對法蒂娜的詢問，黑格爾很快地作出回應。他伸出另一隻手，疊在法蒂娜濕淋淋的手背上，低聲地答：「就算您不這麼命令我，我也早已決定這麼做了，不，是哪怕您阻止我討厭我我都會這麼做。」

除了堅定的答覆外，黑格爾的眼神中，更透露出一股強烈的執念。他說完話後，輕輕地牽起了法蒂娜的手。

「您就是我的空氣，誰又能離開空氣獨活呢？」

話音落下，黑格爾閉上雙眼，淡淡地在法蒂娜的手背上印下一吻。

「我知道，我是你不可或缺的存在。」

法蒂娜忍不住微微一笑。和黑格爾一樣，她大抵只有在黑格爾面前，才會露出真心的笑容。

「繼續吧，我的肩膀還很緊呢。」抽回手後，法蒂娜轉了轉脖子，對著黑格爾下令道。

「是，法蒂娜大人。」

背後傳來黑格爾的回應，隨後法蒂娜很快就再次感受到來自對方按摩的力道。

她和黑格爾之間的關係，其實就連自己也很難定論。

黑格爾是他的隨從，也是從小到大的青梅竹馬，更是她目前僅存可以信賴的人之一。

她對黑格爾總抱持著一股很微妙的感情，是伙伴，是下屬，卻也有著一股難以言喻的曖昧。

只要再一點點，再一不小心往前踏了一點，她和黑格爾之間的關係就會徹底轉變。

這並不是礙於雙方的出身，畢竟她眼中從來不存在階級，她只看見黑格爾對自己的真心真意。

而她也不是毫無動搖，她對黑格爾絕對是不排斥的，只是法蒂娜自己也很清楚，在下定決心查出真相並替姐姐復仇後，她就必須捨棄這些小情小愛。她必須不擇手段，就算需要出賣靈魂與身體，她也毫不猶豫。在這種極端的狀況下，倘若她真的與黑格爾相愛相守，一旦沉醉於愛情的氛圍中，她不敢想像自己會不會為了追求情愛，動搖了替姐姐復仇的決心。

更別說，因為愛意而蒙蔽了雙眼，進而做出錯誤的決定。

這些，都是法蒂娜必須排除的不安因子。

為了不讓復仇之路有任何差錯，更是為了不傷及黑格爾的心。在真相查明之前，法蒂娜不願也不能讓自己陷入任何一段感情之中。

只是想著想著……

「黑格爾，你有調整水溫嗎？為什麼感覺水好像越來越熱？」法蒂娜睜開雙眼，眉頭皺起困惑地問道，「不止水溫變熱……是因為我泡太久嗎？怎麼頭也有點暈……」

法蒂娜一手扶著自己的額頭，手指按揉著太陽穴，看能不能讓自己清醒些。

「怎麼會？我並沒有調過水溫啊，這一直是您喜歡的水溫，我都牢牢記著……嗯？」

黑格爾聽到法蒂娜的提問後，同樣不解，直到他注意到擺在一旁已經用了半瓶的精油。

貼在精油瓶罐上的標籤，上頭用亞弗公國的文字寫著一段密密麻麻的說明。在黑格爾認真細看過後，臉色一變，一時間沉默無聲。

「上頭寫了什麼？」法蒂娜發現黑格爾的臉色不對，便好奇地問道。

「法蒂娜大人，這上面寫的內容我想您還是別知道比較好……」黑格爾趕緊將精油瓶收到自己背後，面有難色地回應。

只是他越這樣講，就越勾起法蒂娜的好奇心，她直接強硬地下令：「我命令你說，上面到底寫了什麼？」

「回稟法蒂娜大人，這瓶精油的功效除了放鬆舒壓，還附帶了其他效果……」黑格爾稍稍蹲下身，覆在法蒂娜耳邊低聲說道，「裡面還有『催情』的效果。」

當這句話一說出口，平時明明黑格爾在自己耳邊說話都不會有任何感覺，但此時，法蒂娜竟覺得對方吐出的每一個字都帶著煽情氣息。

黑格爾說話時，無意間吐露出的熱氣，就像羽毛般挑逗著自己的耳朵，讓法蒂娜產生一種難以言喻的微癢觸感。

「我想起來了，那個東西好像是我特別讓你準備的……本來是要用在萊德身上……」

法蒂娜微微皺起眉頭，但她自己也分不清這個蹙眉的動作，是由於腦內意識混亂，抑或是感官受到刺激引發的反射動作。

「法蒂娜大人，請讓我研究一下解除這種狀況的方法……」

「不用研究了，我知道怎麼解。」法蒂娜一把抓住黑格爾的手，制止對方的動作，「那些說明看了也沒用，我不是三歲小孩，更不是以前那個單純爛漫的少女了。我知道催情的效果要怎麼解除。何況，這原本是我準備用來對付萊德的……」

「法蒂娜大人，那您打算怎麼解決？」

看著兩頰漸漸染上一層紅暈、雙眼逐漸迷濛的法蒂娜，黑格爾雖然表面上維持著冷靜，但心跳卻撲通撲通地越跳越快。

「這種情況下，只有一種解決辦法……」法蒂娜伸出手，側轉過身，一手輕輕地撫上黑格爾的臉頰，「吻我——」

短短兩字，短短的音節，伴隨著灼熱的氣息，簡短俐落的一道命令，從法蒂娜唇中溢出。

「法、法蒂娜大人？這實在是……」

沒想到法蒂娜會突然下達這樣的命令，黑格爾愣了愣，似乎不敢立刻執行命令。

「我說了，吻我，這是命令。」

法蒂娜重申了一遍，語氣加強，撫上黑格爾的手正準備用力拉對方一把時，黑格爾卻搶先一步湊了上來，壓低嗓音道：「那就恕我恭敬不如從命了——」

話音落下，緊接而來的是熾烈的一個吻，黑格爾用雙唇緊緊地扣住對方。

「唔！」

出乎意料的強勁力道，黑格爾幾乎是撞上法蒂娜的雙唇，讓她一時之間有些招架不住。

「法蒂娜大人……」黑格爾一手牢牢抵住法蒂娜的後腦勺，雙唇緊緊地舐吻著法蒂娜的唇瓣，他知道，在法蒂娜命令自己吻她的當下，長久以來一直潛伏在胸口中的野獸好似要脫韁而出。

「唔──」被深深地吻著，法蒂娜反射性地發出呻吟，她半瞇著雙眼，透過狹窄迷茫的目光看著眼前這個男人。

她和黑格爾不是第一次接吻。

只是上一次和他接吻，是什麼時候呢？

突然冒出這個問題，法蒂娜以為自己已經不記得了。然而，她的腦中卻很快地浮現當初的記憶。

忘不了的，初次和黑格爾的吻。

不是甜蜜，帶著一點點青澀，更多的是讓她無法呼吸的悲傷。

那是個漫天飛雪的日子，也是她姐姐死訊傳來後的第二天。

法蒂娜記得，那時候的自己還無法接受姐姐離開的事實，在如此痛苦的情緒中，她仍必須不斷疲於處理姐姐的後事。

人是有極限的，縱使是如今強大起來的法蒂娜，也不敢一口斷定自己沒有極限。

更何況當時那個無知又軟弱天真的自己。

她記得自己太過傷心，終於，在一次短暫的外出中，和黑格爾走在鋪滿皚皚白雪的街道上時，雙眼就像潰堤的水壩一般，再也無法壓制地流下淚水。

她越哭越大聲，一點也不在乎周遭是否有其他人經過，只是心痛欲絕地哭著。

啊啊，現在回想起來，實在有些可恥，那時候的自己真是太過於柔弱了。但正因為如此，才會有了那一次和黑格爾的初吻吧。

她記得，那時候黑格爾想盡辦法要讓她冷靜下來，但他肯定是沒有辦法了，把能試過的方法都嘗試過一遍之後，只見他一臉不知所措，躊躇了許久，也不知是哪來的勇氣，可能是太過著急了吧——

溫熱的吻就這樣印在她的唇上，在大庭廣眾之下，在雪花紛飛的街道上——直到此時，法蒂娜依然如此清晰地記得那一天。

「哈啊，法蒂娜大人……」

和那次初吻截然不同的情色呢喃聲，將法蒂娜從回憶中拉回現實。

「誰准你……隨便喊我的名字了……嗯……」

「抱歉，我忍不住了……這樣，您還要繼續下去嗎？」

黑格爾正想拉開和法蒂娜之間的距離，卻反而被法蒂娜一把拉住，彼此的雙唇又一次貼上。

「這就是我的答案，黑格爾。」

法蒂娜緊抓著黑格爾的手臂，在說出這句回答後，她主動加深了這個吻。

或許是精油催情的關係，也可能是出於自己欲求的本能……不管了，法蒂娜此時此刻只想這麼做，只想和黑格爾繼續感受這濃烈的親吻。

「這是……這是您誘惑我的，那就別怪我了，法蒂娜大人……」黑格爾用雙手捧著法蒂娜的臉龐，「如果這就是您想要的，或者說，這正是我想要的——」

伴隨著越來越強烈的糾纏，黑格爾對法蒂娜的吻也從被動轉為主動，他彷彿飢渴一般對著法蒂娜索取濕吻，發出吸吮的聲響。

「唔唔，你果然還是把心底話說出來了呢……」法蒂娜一邊回應著黑格爾的熱吻，一邊微微揚起嘴角。

「在您面前，任何謊言和偽裝都沒有用不是嗎？」

黑格爾閉上雙眼，沉浸在越來越激烈的親吻之中。

「這我不否認……」

法蒂娜同樣闔上雙眸，讓黑漆的視覺取代一切，放大其他的感官。

越是相互親吻，空氣彷彿也隨著兩人的互動而增溫，明明本該隨著時間而漸漸冷卻的水，卻好似沸騰一般，讓法蒂娜覺得越來越燥熱。

一開始是自己主動要求黑格爾的，但隨著黑格爾的猛烈進攻，法蒂娜竟開始感到有些招架不住。

本來還只是彼此互相吸吮著柔嫩如花瓣的唇，在黑格爾方才那一段話之後，法蒂娜明顯感受到黑格爾的轉變。

他更加強勢，更加富有侵略性，僅僅只是互相廝磨、緊貼唇瓣已無法滿足黑格爾。

黑格爾未經她的允許，趁著法蒂娜還沒反應過來時，出其不意，偷偷地用舌尖撬開了法蒂娜的雙唇，侵入到她溫暖的口腔之中。

黑格爾的緋舌竄入法蒂娜的貝齒之間，成功入侵後，還得洋洋意似地往返其中，舔舐著法蒂娜潔白的齒面。再後來，逐漸纏上法蒂娜毫無準備的舌頭，交織纏綿，相依相偎，互相汲取口中甘甜的津液。

除了逐漸粗重的呼吸聲，在這曖昧濕黏的縫隙之間，還傳來了淫穢的吸吮聲。

「黑、黑格爾……唔唔……嗯……」法蒂娜不自覺地喚出黑格爾的名字，她的腦袋跟身體一樣熱烘烘的，甚至開始有點不知該如何掌控眼下的局面。

或許一個不小心，擦槍走火，他們就會跨越那條界線——

「請多喊我幾次，我想聽您呼喚著我的名字，法蒂娜大人……」

黑格爾繼續捧著法蒂娜的臉，眉頭深鎖，專注在眼下的濃烈熱吻中。

「你真是……一旦給了點甜頭，就會開始放肆的傢伙啊……」

「您又不是第一天認識我了，況且我也只是實話實說，在這種時候，不是應該忠於欲望嗎？」

黑格爾一手緩緩往上攀升，輕輕地撫弄著法蒂娜的右耳，撩撥著對方的情欲。

「唔，那裡好癢你別亂弄……」

在黑格爾撫摸著自己耳朵的時候，法蒂娜突然抗議起黑格爾的動作。

「哦呀，看來這裡是您的敏感點呢，法蒂娜大人——」一聽到法蒂娜的抗議，黑格爾反倒露出有些愉悅的表情。

「你這傢伙……」

法蒂娜愣了一下，隨即聽見黑格爾回話：「這是您的敏感點，您要好好記下來，日後對上萊德的時候，您可要好好避開才行。」

「好一個黑格爾……」

本來想要怒斥對方，但聽見黑格爾一本正經地點評，法蒂娜只好收回原本要說出口的責罵。

即便平時強勢如她，在此時此刻，也無法阻止眼前這一切。另一方面，她其實早就預想到了，在命令黑格爾親吻自己的那一刻起，局面很可能就此變得一發不可收拾，難以掌控。

在水氣氤氳的澡堂內，空氣裡瀰漫著誘人香甜的香氛氣味，兩人緊緊相依的身體，也在近距離之下沾染著彼此身上的味道。

對黑格爾來說，他那位美麗尊貴的大人，身上總是時不時散發出濃郁的花香。

除了塗抹精油的緣故，法蒂娜身上還有一種獨特的體香，如淡淡的百合花一般優雅芬芳。這是人工製造的精油裡所沒有的、獨屬於她的氣味。

從小服侍著法蒂娜的黑格爾當然非常清楚，這是法蒂娜大人身上獨有的味道。縱使過了這麼多年，法蒂娜大人的外表跟個性也有了極大轉變，但她與生俱來的氣味卻始終如一。

那是只有黑格爾才知道的小祕密，他非常享受沉醉在這祕密帶來的愉悅之中。

他要好好把握珍惜這寶貴的時刻，對於他來說，並不是常常能這樣近距離親昵地接觸法蒂娜大人，這讓黑格爾有時候真的十分羨慕萊德。

除了搔弄著法蒂娜的耳朵，黑格爾的手指也不安分地繼續擴張侵略範圍。他先是用指尖輕輕刮著對方的耳廓，讓法蒂娜面露有些難耐的神色。

接著，他用長年為法蒂娜付出一切的寬厚手掌，若有似無地撩撥著對方胸前的髮絲。

「唔呼……」

在黑格爾展開新的動作後，很快地，法蒂娜的兩頰變得更加紅潤，發出的聲音也有些不同。

暫且停下進攻的腳步，拉開和法蒂娜之間的距離後，黑格爾察覺到了，法蒂娜似乎有點抗拒自己的進攻。

只見法蒂娜一手抵在黑格爾的胸口上，不知道是出於她的本意，還是她下意識的反射行為。見狀，黑格爾放慢了進攻的速度，他用最後的理性，再次開口詢問法蒂娜：「法蒂娜大人，還是讓我扶您到寢室休息……」

原以為法蒂娜會給出肯定的答案，但下一秒，卻見她再次伸出雙手，拉住黑格爾的衣領，將自己的臉貼了上去。

「不要停下來，直到讓我消除這該死燥熱的催情效果為止——」

法蒂娜用力地將黑格爾拉近自己，微微開合的雙唇再次覆上。

「是……遵命，法蒂娜大人。」

起先稍稍愣住，很快地，一股熾烈的情感跟欲望湧上心頭，黑格爾再也沒有後顧之憂似地解除束縛，對著法蒂娜落下一次又一次近乎狂亂的深吻。

喘息、熱氣和來自雙方帶著情色意味的聲音，在空中交織。

縱使不用言語說明，黑格爾的每一個吻，每一次撩撥，都在用行動強而有力地告訴對方——

我想要妳。

好想要妳。

這個念頭不斷不斷湧現在黑格爾的腦海中，衝撞著他所有的感官意識，近乎失控。

心裡快要奪門而出的欲望野獸，幾乎要讓他做出無法挽回的事情來。但他依舊強忍著，只因比起自己的欲求，他更想好好保護與尊重他的法蒂娜大人。

這是病啊。

打從最初見到法蒂娜大人的瞬間，黑格爾就知道，自己患上了名為「法蒂娜」的心病。

「法蒂娜大人？法蒂娜大人，您醒了嗎？」黑格爾輕聲地詢問著，深怕自己太大聲，會一下子驚醒躺在床上的人。

「嗯……我醒了，別再問了。」

法蒂娜緩緩撐開有些酸澀的眼皮，腦袋還有些沉重，不曉得是不是催情效果退去的副作用，又或者單純只是因為在失去意識之前的「行為」太過激烈所導致的。

「您有感覺哪裡不舒服嗎？我已經替您泡了一杯安定心神的花草茶……」

「我沒什麼大礙，不過還真有你的，黑格爾，把我的嘴唇都吸吮到有點腫痛了。」法蒂娜雙眼直直地盯著黑格爾，微微抬高下巴，讓對方看清自己的唇。

黑格爾正準備轉身將冒著熱騰騰蒸氣的花草茶端來時，卻聽到了法蒂娜的這句話，讓他一時間有些愣住。

「實在抱、抱歉！法蒂娜大人，是我沒有控制好，一時間太過火了……」見到法蒂娜略微紅腫的嘴唇，黑格爾趕緊道歉。

「沒事，這點程度用不著跟我道歉。黑格爾，你當我是誰？」法蒂娜冷哼一聲，同時從床上坐起，沒好氣地瞥了黑格爾一眼。

「感謝您的開恩，法蒂娜大人。」

「廢話少說，還不快把花草茶拿來給我？」看著黑格爾又一次對自己鞠躬，法蒂娜只是口氣平淡地下達命令。

「馬上就來了，法蒂娜大人。」

將熱呼呼的花草茶端給法蒂娜之後，黑格爾就在床邊守著，靜靜地注視著對方啜飲。

「呼……」

吹了一口氣，再小小地淺嘗了一口後，法蒂娜這才繼續品嘗溫度適宜的花草茶。

她表面上看似平靜，像什麼事情都沒發生過一樣，但實際上，現在法蒂娜腦子裡想的，是當時在澡堂的畫面。

真是好險啊。

那個時候，只差一點點吧？

只差一點點，就要跨過那條禁忌的界線。

回想起來還真是有點僥倖。

不過，真的和黑格爾發生什麼的話……好像也沒有想像中討厭，至少，對象是黑格爾吧。

「法蒂娜大人？您的臉好像有點微紅？是花草茶的溫度太燙了嗎？」黑格爾注意到法蒂娜的兩頰有些泛紅，關切地詢問。

「對，溫度太高了，你拿去加點冰塊吧。」一聽到黑格爾這麼問，法蒂娜馬上轉過頭不讓對方再看著自己，並迅速遞出茶杯要黑格爾接下。

「遵命，法蒂娜大人。」

正當黑格爾要接過茶杯時，法蒂娜又說：「等等，我改變心意了，就這樣喝吧。」

接著，她又從黑格爾手中奪過茶杯，背對著對方的視線。

見狀，黑格爾溫柔地微微一笑：「好的，法蒂娜大人。」

好可愛啊——

法蒂娜大人真是太可愛了，黑格爾如此想著。

「那麼，您接下來打算怎麼做呢？您能待在海斯王國的時間並不算太充裕呢。」黑格爾重新開啟話題，討論起目前最為重要的正事。

法蒂娜大人是以亞弗公國伯爵的身分，進行對外巡禮參訪。參訪時間固定只有一個月，本就沒辦法隨心所欲待得太久。另一方面，法蒂娜也希望能早點獲得情報，確認萊德是否為當初殺害姐姐的凶手，壓根不想在海斯停留太久。

「我很清楚，所以我的下一步已經想好了。」

「您的下一步是？」黑格爾進一步追問。

「你不是給了我一樣東西嗎？我必須找那個人檢測確認，才能確定你給我的究竟是無用的垃圾，還是一顆未爆彈。」

法蒂娜說得相當直接，她指的正是之前黑格爾在雷妮房間搜查出的可疑物品。

「但您要如何去找那個人？據我所知，他應該不是海斯王國的人吧？而您短時間內應該也無法離開海斯王國……」

「誰說我要離開海斯王國了？」法蒂娜嘴角上揚，露出自信的微笑，「讓那傢伙來海斯王國不就好了？」

「那個人……已經在海斯王國了？」聽到法蒂娜的回答後，黑格爾有些意外地微微睜大雙眼。

「那傢伙就算來海斯王國也沒什麼好意外的吧？他本來就是會到處亂跑的人，誰叫他的工作就是這樣。」法蒂娜聳聳肩，淺淺笑著回應黑格爾。

「這倒是，那麼您打算何時前去找他？還是這份工作，由我來替您執行呢？」

「不需要，況且我還有別的工作要交代給你。」法蒂娜的眼神看向書桌，「我桌上有一張照片，照片裡的人幫我調查一下。以你的身分應該比較好辦事，那種人很容易輕忽身分地位不如自己的人。」

「是，您交代的事情我會好好執行的，法蒂娜大人。」黑格爾點了點頭，接著就見法蒂娜掀開棉被，離開溫暖柔軟的床。

「現在，我也該行動了。」法蒂娜站起身，帥氣地撥了一下雪白長髮，「很久沒見到那傢伙了，他肯定還活得好好的吧。」

The Villain Earl's
Discipline Diary

第六章

三味線獨特的音色飄揚，搭配上箏的弦聲，共譜出充滿東方特色的民族音樂。彈奏者身著華美和服，臉上撲著厚重的白粉與紅色胭脂，優雅地用雙手演奏出動聽旋律。

一名男子站在演奏者前方，跟著人群一起欣賞著演出。

在蘭提斯大陸上少見的東方面孔，但他的五官是不遜於西方臉孔的深邃，以黑髮黑眼的人種來說，他的長相非常英俊。男子戴著一副黑框眼鏡，有著一頭俐落短髮，深邃的漆黑雙眸宛如深夜的星空，散發著點點光彩。儘管臉孔是知性斯文的類型，但高大挺拔地身材，卻又帶著一股內斂成熟的穩重感。

「你還是老樣子，喜歡穿著卡其色風衣，相馬時夜。」

另一道纖細窈窕的身影從後方走向這名男子，精緻漂亮的臉蛋上嘴角微微揚起。

「妳也是，好久不見了，法蒂娜。不，現在該尊稱妳為『伯爵大人』了。」

名喚「相馬時夜」的男人側過身，微笑地面向走近自己的女性。

「你的話就不用這麼拘束了吧，相馬時夜。」

「呵，這算是給我這個青梅竹馬的特殊待遇嗎？真是謝謝了。」男子推了推黑框眼鏡，他的微笑總帶著一股淡淡的溫柔。

「青梅竹馬這種話你還是別一直拿出來炫耀了，我可不想讓你破壞了我的計畫，更不想讓旁人閒言閒語。」法蒂娜聳了一下肩膀，別過身去。

「妳的計畫……看來，妳已經在執行中了？」知性的俊美臉孔，此時多了一絲凝重跟擔憂的情緒，鏡片下的黑色雙眸專注地注視著法蒂娜。

「你覺得，我親自找上你，只是為了敘舊嗎？」聽到對方的提問，法蒂娜再次回過身來，眼神看向那名面露憂心的男子，語氣同樣凝重起來。

「果然是這樣啊……我想也是，否則妳不會在這時間點特意找上我。據我所掌握到的消息，妳現在正在海斯王國進行巡禮吧？」聽到法蒂娜的回答後，相馬時夜若有似無地嘆了一口氣，隨後又開啟另一個話題。

「你的消息還是這麼靈通。不過，這裡不是一個適合討論的好地方，走吧，你應該有推薦的場所才對。」法蒂娜嘴角往上一揚，笑著對相馬時夜說道。

「妳啊，還真會把事情都推到別人身上。但的確，我是有個好地方適合閒聊，只是可惜了這場演奏會，東方風格的音樂表演可是很少見啊，我也是難得等到這個機會呢。」相馬時夜流露出有些可惜的表情，雖然看似準備邁步離開，目光卻仍有些不捨地望著演奏會。

「難得的演奏會跟難得見上一面的我，你選吧。」法蒂娜雙手插入口袋，轉過身，腳步率先邁了出去。

「唉……妳還真是老樣子，一點都沒變，還是這麼讓人頭疼呢。」嘴巴上雖然這麼說，臉上還露出困擾的表情，但相馬時夜最後仍跟上了法蒂娜的腳步。

「這麼多年沒見，沒想到再次相逢，卻是為了妳的計畫而來，真是有點感慨呢。」相馬時夜一邊帶路，一邊和走在身側的法蒂娜聊起天來。

「你不也是嗎？應該說，我和你在做的事情，雖然方式不同，但目標都是一樣的吧。」法蒂娜看了相馬時夜一眼，反問回去。

「妳注意到了？我以為妳不會發現呢，畢竟我從沒真正親口告訴過妳。」

「你以為我是誰？你的事我可是清楚得很。」法蒂娜閉上雙眼，微抬下巴，展現出一股高冷的自信。

「呵，真不愧是法蒂娜，這麼說來，妳其實一直在暗中關注我、調查我？」

相馬時夜微微一笑，雙眼瞇成彎月狀望著法蒂娜。

「多做點調查總是好的。這麼一來，就可以知道誰能信任，誰不可信賴。」

「那麼，我算是哪一種呢？」提出此問題時，相馬時夜突然停下腳步，轉頭正色地問。

「你覺得我會直接告訴你答案嗎？愚蠢。」法蒂娜冷哼一聲，沒好氣地瞥了一眼那名戴著黑框眼鏡、長相斯文俊秀的男人。

「這個答案看來很明顯了，雖然沒有親耳聽見妳承認，但我很高興，法蒂娜。」相馬時夜壓低嗓音，溫柔的口吻中帶著一份嚴肅，「謝謝妳信賴我。即便妳經歷了那些事，卻依然選擇相信我，我很高興。」

鏡片下真誠的幽黑雙眸，筆直地注視著法蒂娜。

「你也還是這麼會展開溫情攻勢啊，相馬時夜。姐姐她就是被你用這種方式給騙了吧……」面對相馬時夜方才的那句話，法蒂娜先是頓了一下，隨後別過頭去，像是在喃喃自語般低聲說著。

「呵，怎麼可以用『騙』這令人誤會的字呢？法芙娜要是天上有知，應該會替我抱不平吧。」聽了法蒂娜的說法後，相馬時夜有些無奈地搖頭苦笑。

「我不會讓她聽到的。」

「哎呀呀，我說法蒂娜啊……」如此強硬又不留餘地的回話方式，相馬時夜依然只能苦笑以對，但他心中卻湧上了滿滿的懷念和熟悉。

在法芙娜離開人世後，他曾經幫助法蒂娜一起處理姐姐的後事。也是從那時候開始，他就看著法蒂娜漸漸變成了這種個性。

從那時候到現在，不知道過了多久，回想起來，胸中總是有些微妙的熟悉跟悶塞。

反觀法蒂娜，此刻走在她身邊的這個男人，之所以是她的青梅竹馬，主要原因是姐姐法芙娜。

相馬時夜，曾經是法芙娜的未婚夫。

當時的相馬時夜還是一個日和國貴族。日和國是一個島嶼國家，領土狹小，但由於強勢的經濟貿易能力，一直能立足於各大國之間。

除了經濟貿易外，日和國就只是一個相當不起眼的小國，也是蘭提斯最多東方人種的聚集的地方。

自小，法芙娜就由福斯特家族的長輩決定了婚姻，選擇了相馬時夜作為她的未婚夫。雖然是家族為姐姐決定的婚配對象，但在和相馬時夜接觸後，法蒂娜漸漸了解到這傢伙其實並不差。

那時候的自己還很單純天真，卻也能一眼看出姐姐其實對相馬時夜很有好感，兩人的相處也很融洽，在當時，法蒂娜甚至偶爾有那麼一點點的羨慕。

羨慕姐姐可以有這麼好的對象。

相馬時夜在她的印象裡，就是個知書達禮、溫柔體貼的人，自小就表現出超齡的成熟和穩重。

小時候總是笑他老成，但如今，這種特質卻替相馬時夜無形中增添了一股魅力。

和過去少年時期相比起來，許久未見的相馬時夜更為俊帥，眉宇之間則多了一點滄桑。

「是因為姐姐的關係嗎……」

「嗯？妳說什麼？」突然聽到法蒂娜的問話，相馬時夜愣了一下，好奇地問道。

「不，我什麼都沒說。」法蒂娜立刻否定對方的提問，面無表情像是什麼事也沒發生。

「嗯？我認知中的亞弗伯爵可沒那麼喜歡裝傻啊。」

「少囉唆，不說話沒人把你當啞巴。話說回來，走了這麼久，到底到了你說的地方沒有？」法蒂娜冷冷地瞥了相馬時夜一眼，催促地問道。

「剛好到了。」一邊說著，相馬時夜在一扇門前停下了腳步。

「什麼？你是說這家咖啡廳？這種地方看起來就會有很多閒雜人等，你確定這裡適合我們『閒聊』？」法蒂娜抬起頭，看著前方這間招牌用海斯文字寫著「咖啡廳」的店面，皺起眉頭懷疑地問向相馬時夜。

「妳跟我進去就知道了，走吧，法蒂娜。」

相馬時夜對著法蒂娜微微一笑，法蒂娜只好半信半疑地跟著他一同進入。

跟著相馬時夜走進大門後，法蒂娜所見到的景色，看起來無異於一般的咖啡廳。

有著吧檯、店主以及幾名坐在位子上享用咖啡飲品的客人，其中還有一些人在聊著天，消磨著悠閒的時光。

「你說這裡真的能……」

「老闆，這個。」

法蒂娜的問話還沒說完，只見相馬時夜從口袋裡拿出一張黑卡，遞給了在吧檯前的老闆。

老闆一見到那張黑卡，表情立刻變得嚴肅起來。

隨後，就見老闆離開吧檯，走向其他客人所在的地方，亮出相馬時夜剛剛遞給他的黑卡。

客人們一看到黑卡，突然全都安靜下來，隨即很快地收拾好身邊的物品，迅速默默地離開咖啡廳。

「這到底是怎麼回事……」法蒂娜愣愣地看著這一幕，一時間有些難以理解。

「就是這麼一回事。從現在開始，我擁有這個空間絕對的使用權跟隱私權，法蒂娜。」相馬時夜轉過身，攤開雙手，好似在展示著這空無一人咖啡廳一樣，面帶笑容對著法蒂娜說。

「沒想到，你在海斯王國還混得挺風生水起嘛。」

雖然不知道是怎麼回事，但既然相馬時夜可以「創造」出這麼一個環境來，某方面來說，也讓法蒂娜十分佩服。畢竟這傢伙可不是海斯人啊。

「嚴格說起來，也不算是我在海斯王國混得風生水起，是因為這張黑卡的緣故。這張黑卡並不限於海斯王國，而是整個蘭提斯大陸都派得上用場。」相馬時夜推了推眼鏡，一邊找尋合適的位子坐下，一面回答法蒂娜。

「聽起來，我好像也該弄來一張黑卡了。相馬時夜，你能幫我嗎？」法蒂娜先選了一個位子坐下後，問向相馬時夜。

「這可能有點困難。」

「為何？難道我身為亞弗公國的伯爵，不配擁有這一張黑卡？」法蒂娜有些意外地問向剛坐下來的相馬時夜。

「正因為妳是伯爵，而不是警察體系的人。」相馬時夜鏡片下的眼神變得十分認真。

「你這句話是什麼意思？你是指，這張黑卡只有警察體系的人才能擁有？」法蒂娜皺起眉頭，略感意外，不過她很快就想起來，眼前這個男人的身分。

相馬時夜，現已拋棄了原本貴族的身分，並與相馬家族斷絕關係。如今坐在她眼前的相馬時夜，只是一名普通的平凡人，而他現在的職業，則是一名警探。

「可以這麼說，這張黑卡代表著我們警界累積的人脈資源。為了隱匿偵查行動，才會有這張黑卡出現。當然，並不是所有警察都拿得到。」

「我想也是，看你能夠隨意使喚一群人清場，就知道這張卡不可能人人皆有。」法蒂娜隨後又說：「我一直沒有問你，雖然大抵知道答案，但仍想聽你親口承認……你離開日和國，和相馬家族斷絕關係並拋棄貴族頭銜，這都是為了姐姐嗎？」

法蒂娜的神情難得地黯淡下來，眼神帶著一絲哀傷。

「如果妳只是想聽我親口說出答案……是的，正如妳所說。」相馬時夜的嘴角微微上揚，但此刻展現在他臉上的笑容，同樣帶著一股淡淡的憂傷。

「我無法接受那樣的結果，跟妳一樣，法蒂娜。」相馬時夜眼簾低垂，「我無法接受，無論是福斯特家族或相馬家族，竟都妥協於那樣的結果……我一定要替法芙娜洗刷冤屈與汙名。」

「能親耳聽到你這麼說，特意跑來見你一面也算是值了。在這世上，能夠替姐姐說話的人，大概只有包含你我在內的寥寥數人吧。」法蒂娜的神情略顯欣慰，雖然她很快又恢復平時的高冷氣質，但她所說字字句句都帶著萬般的無可奈何。

在法芙娜過世之後，由於婚約解除，相馬家族的人就沒有再讓時夜和福斯特家族來往。同為貴族，法蒂娜很清楚，貴族間的婚約大多都是利益的交換，一旦缺少了利益關係，雙方就會冷漠地斷絕往來。

相馬時夜在協助處理完姐姐的後事之後，兩人便幾乎再也沒有見過面，法蒂娜只能透過間接打聽的方式，得到對方的消息。

「法芙娜的死太過離奇，加上我們家族那種利益至上的作風我實在無法苟同，因此，我主動放棄了家族的繼承權與貴族身分，離開家族，考上警校並自此就職於警察體系，為的就是要找出當年的真相。」相馬時夜說著這段往事的時候，右手下意識地緊握成拳，堅定的語氣中隱約帶著一絲激動。

「相馬時夜，我代替姐姐向你致上謝意，我想，她若知道了一定會很感動的。」聽完相馬時夜的話，法蒂娜閉上雙眼，低沉輕聲地說出這句話。

自從下定決心要替姐姐復仇以後，她已經很少很少像這樣跟人道謝。高冷、淡漠與不屈，甚至是讓人有些厭惡的傲慢，這些早已成為了法蒂娜的面具。

可是此刻，法蒂娜對相馬時夜所說的每一個字，都是發自內心的謝意。

「哈哈，我可以想像得到，如果法芙娜還在的話，她大概會臉頰微微泛紅，眼角含淚地跟我說謝謝吧。真想再見一面啊⋯⋯」相馬時夜泛起苦澀的笑，聲音略帶沙啞，不過他很快地拋開這份傷感，轉而對法蒂娜提問：「話說回來，妳專門來找我，應該不單純是想跟我敘舊而已吧？」

「敘舊也沒什麼不好，反正我還有點時間。不過，我確實是有件事想要找你幫忙。」法蒂娜同樣收起感傷，重新回復到平時冷冽的氣質，她從口袋裡拿出一包物品，放到了她和相馬時夜中間的桌子上。

「我想讓你幫我調查一下這個。」

看到桌上的那包物體，相馬時夜的瞳孔微微收縮，似乎有點訝異法蒂娜為何會拿出這樣的東西。

「這個東西……妳怎麼會有？」目光落在桌上，相馬時夜向法蒂娜問話的態度，多了一點嚴肅。

「哦?從你的反應來看，大概和我猜想的差不多?不過，我還要更具體的證明，你能幫我嗎？」法蒂娜盯著相馬時夜的臉，肯定了自己的猜測。

「根據我的經驗，它應該是很危險的非法物品。我由衷希望妳不是原本的物主，法蒂娜。」相馬時夜板起嚴肅的表情，推了一下眼鏡對法蒂娜說道。

「當然不是我的，我只是『借』來而已。怎麼，你不信我嗎？」

「不，我很肯定妳不會碰這種東西。雖然有點好奇妳打算拿它來做什麼……也罷，妳想做的，一直以來都只有一件事。」

「既然這麼了解我，就別多說廢話了，告訴我你能不能幫這個忙？」法蒂娜再次催問。

「妳是知道我目前的身分，才來找我的吧？」

「相馬時夜，能不能像個男人一樣乾脆一點？對，我就是知道，所以你的答案呢？」法蒂娜失去耐性，口氣變得有些暴躁。

「法蒂娜，做事要有耐心，否則妳未來在執行計畫上，可能會吃虧的。」相馬時夜一邊說，一邊伸手收下法蒂娜放在桌上的物品。

「另外，還有一句話我想趁這機會告訴妳——」鏡片下的雙眼，目光炯炯地注視著法蒂娜，「我現在能做的，就是和妳相輔相成，我在明，妳在暗，為了查出當年的真相，我們缺一不可。這樣，妳明白了嗎？」

和相馬時夜彼此對視，無論從對方的言語還是眼神，法蒂娜都能強烈地感受到來自眼前這名男人的真心誠意。

相馬時夜真的一點也沒變，不似自己已經改變得如此之多。

莫名地，法蒂娜有些羨慕對方，甚至說是嫉妒也不為過。這個男人，當初也是深愛著姐姐吧，然而，經歷了那樣的巨變，即便放棄了許多事物，相馬時夜卻依然能保持自我。

或許，是因為相馬時夜選擇道路，跟自己截然不同吧。

相馬時夜要的，是釐清真相，並讓司法體制還姐姐一個公道。

而她要的，則是讓復仇之火燃盡一切。

讓復仇業火持續燃燒是需要付出代價的，一個不注意，連自己都會陷入萬劫不復的深淵。

「這句話……我會牢記在心底的，相馬時夜。」過了許久，法蒂娜終於做出回應。

「嗯，妳交代給我的事情，我會辦好的。」相馬時夜說完這句話後，便站起了身。

「就麻煩你了。這種事我沒辦法做，也沒有能力去做，好好發揮你的專長吧，警察大人。」法蒂娜同樣站起身，即便沒有明說，雙方也心知這場談話差不多該告一個段落了，「希望能很快再見到你，相馬時夜。」

「這句話……有別的含意嗎？」在法蒂娜說完話後，相馬時夜拋出新的問句。

「這不好說……但是，無論有沒有其他含意，我確實是想快點見到你才能盡快拿到證據。」

法蒂娜嘴角揚了揚，她的內心也湧起一股複雜的情緒，腦海裡有一道聲音不斷問著自己——

我是想見到相馬時夜這個人？

還是單純想快點拿到證據而已？

短時間內沒有答案，也不該有答案。

現在，她只能專注於復仇上。

「我明白了，那就此告別了，法蒂娜。」相馬時夜對著法蒂娜微微一笑，看上去卻帶了點難以言明的苦澀。

很快地，兩人踏出了這間咖啡廳，在他們離開後，咖啡廳的店主便重新回到原本工作崗位上。

「到此，又要暫時分別了。」

他們站在人群之中，本想讓人海將彼此沖散，不說再見，就此道別。然而，相馬時夜最終沒能這麼做，他還是停下腳步，回過頭看著在燈火闌珊處孤單站著的法蒂娜。

聽見相馬時夜突然叫住自己，法蒂娜也愣了一下，隨後她扯了扯嘴角，乾笑一聲問道：「是啊……怎麼？你該不會捨不得離開吧？」

「如果我說是呢？」

在相馬時夜眼鏡之下的雙眸，瞳孔深黑，就像黑洞一般不知藏有多少思緒跟情感。

法蒂娜不想猜測，卻不知為何身體反射性地躲開對方的目光，她再次一愣，瞳孔微微收縮，她突然有點慶幸自己並沒有回過身。

否則，自己此刻的神情，就會被相馬時夜給看到了。

她不能動搖，也不該露出動搖的模樣。可是法蒂娜騙不了自己，在相馬時夜那句話的影響之下，她向來冰封的臉孔上出現了一絲裂痕。

「你別開笑了……」法蒂娜稍稍垂下頭，握緊了拳頭，「姐姐的事情，比什麼都還重要。像那種令人誤會的話，就別說了。」

兩人之間有一段距離，旁邊陸陸續續有其他路人與他們擦身而過，但不知道為什麼，他們卻能清晰地聽見彼此的話。

就好像，即便是人海之聲也無法阻隔他們。

「對妳而言，和我見面，和我待在一起的時光，只是一種誤會嗎？」相馬時夜眉頭微微蹙起，面露淡淡的苦澀。

「不管是不是誤會，打從我下定決心要替姐姐復仇的那一刻起，這些額外的情感都已經不再重要了。」

不能回頭。

不管是現在，還是自己下定決心要走的路，都不能回頭。

一旦這麼做，就會阻礙了她之後的復仇之路。

因為——

相馬時夜，是她有生以來第一次，也是唯一一次，曾經起了戀慕之情的男人啊。

「也是，我啊，還真沒辦法像法蒂娜妳這麼決絕乾脆。我明白了，放心吧，我會盡快將妳交代的事情辦好。最後也希望妳不要誤會，對於法芙娜的事，我從來沒有一絲懈怠。若是有時間再聚，下次我們來交換彼此的情報吧，這些年來，我也不是毫無準備。」

雖然只聽得見相馬時夜的聲音，可是法蒂娜的腦海裡卻能勾勒出對方此刻神情。他大概是帶著一抹略為苦澀的笑和她說這段話吧。

「時夜……」

胸口一瞬間揪緊，法蒂娜忍不住回過頭去，可是當她一轉身，映入眼簾卻只有茫茫人海。

相馬時夜的身影早已消失在人群之中。

「我這是在幹嘛啊……」

法蒂娜低下頭來，眼簾低垂，她心中只留下一股淡淡的惆悵。過了幾秒，她深吸一口氣，重新抬起頭來時，便已回到平時高冷自傲的狀態。

回去吧，該做的事，還有很多。

不能再讓過去的因緣，牽絆住自己的復仇之路。

「法蒂娜大人，歡迎您的歸來。」

一見到法蒂娜風塵僕僕地回到海之碉堡，黑格爾立刻上前恭敬迎接。

「沒想到你比我還早回來，看來我交代給你的事情辦妥了？」法蒂娜讓黑格爾替自己脫去最外層的厚實大衣，一邊詢問道。

「您交代的事情，屬下不敢說已經得到最完整的情報，但多少掌握了一些訊息。」

黑格爾將從法蒂娜身上脫下的大衣拿到旁邊輕拍整理了一下，隨後就將大衣掛在衣架上。

「嗯，那麼萊德那邊，有問我去了哪裡嗎？」

法蒂娜坐到椅子上，拿起桌上由黑格爾事先準備好的熱茶，啜了一口。

「萊德侯爵的確有向我詢問，問您怎麼連早餐都沒用就出門去了。」

「你怎麼回答的？」法蒂娜挑起一邊的眉頭。

「我告知萊德侯爵，您今天是為了給萊德侯爵驚喜，因此特意提早出門準備，至於驚喜是什麼，說太多就沒意思了。」黑格爾回答的同時，正用毛氈梳理法蒂娜穿過的大衣。

「哈，這回答倒是不錯。確實，若我們猜想的沒錯，屆時拿回來的證據，對萊德來說一定是個『驚喜』吧。」法蒂娜滿意地笑了一聲，隨後又對黑格爾吩咐：「黑格爾，幫我準備好戰袍，今晚我要再次行動。至於雷妮，你負責幫我牽制住她。」

「收到，我會替您爭取時間的，法蒂娜大人。」

「很好，那麼趁這一點時間，跟我說說你調查到什麼了吧。」看了一眼窗外的天空，還未到太陽完全落下的時候，法蒂娜便又回過頭來問向黑格爾。

「這個人的身分查出來了。」黑格爾從口袋中取出一張照片，正是法蒂娜先前交給他的，「他是海斯王國動力工程的股東之一，查理斯，跟萊德有密切的合作關係。」

「海斯王國動力工程的股東之一，也就是萊德的金主，畢竟除了國王給的國家資源，想要像萊德一樣迅速推動工程，需要非常多的資金。而這個男人，似乎不是什麼好貨色，他敢那樣對待雷妮，果然是由於他是萊德的金錢來源啊……」

法蒂娜聽了黑格爾的話後，一手拄著下巴，認真思考喃喃自語。「除此之外，還有其他方面的情報嗎？」

「大致上打聽到這個人的行為作風，查理斯是一名出身平民的人，傳聞靠著走私發家致富。作風大膽，好女色，但不是一個對女性體貼的紳士，喜歡上妓院，卻有多起交易過程中毆打妓女的醜聞。」在法蒂娜詢問後，黑格爾補充答覆。

「嗯，那你再去從那個查什麼斯的口中，問出其他股東的名字，只要名字就好，其他我想他也不會願意跟你多說。如果從他身上問不出什麼，就從他過去找過的那些女人下手。像他那樣的男人，在床笫之間肯定會多少透露一些情報，以表他的狂妄自大。」

「是，法蒂娜大人。」在聽完法蒂娜的話後，黑格爾立刻點頭回應。

「應該報告完了吧？」

「是，目前暫時沒有其他情報了，法蒂娜大人。」

「把我的戰袍拿來吧，今晚，我勢必要得到答案。」

法蒂娜伸出手，向黑格爾勾了勾手指。很快地，黑格爾拿來一件衣物，彷彿展示一般高舉在法蒂娜面前。

黑格爾一手輕輕地觸摸衣物，微笑地對法蒂娜說：「想必只要您穿上這件『戰袍』，任何男人都無法逃脫您的掌心吧。祝您旗開得勝，法蒂娜大人。」

此時，在萊德的臥房裡，除了這間寢室的男主人外，還多了另一道身影。那個人正是跪在地上的雷妮，她就像一名罪人，卑微地聽著萊德對自己說教。

「雷妮，妳知不知道妳的行為對我來說是一種傷害？跟妳說過多少次了，查理斯那傢伙要什麼就順著他，這有那麼難懂嗎？」萊德一手扠腰，一手不悅地揮舞著，面對雷妮沒有好臉色。

「可是，他想要對我做出更……」雷妮一臉委屈地垂下頭，話說到一半便緊咬著嘴唇，顯然想說的話難以啟齒。

「他想對妳做什麼？不過就是想摸妳幾下，妳不知道我派妳去的意思嗎？就是要討好他們——」

「我、我原以為只要表演我的魔法能力就可以了！但、但那個查理斯……這和您原先跟我說的不一樣！」雷妮激動起來，她努力試著辯駁，然而萊德似乎不買帳。

「那樣的行為……那樣的行為，我只願和萊德大人您做啊！」雷妮泫然欲泣，幾乎紅了眼眶，還用雙手摀著自己的胸口。但那麼一瞬間，雷妮卻看到萊德一臉面無表情，甚至帶著一絲刺骨的冷冽。

雷妮眨了眨淚眼，心中一驚，忍不住用顫抖的聲音問：「萊……萊德大人？」

過了幾秒，萊德沉下臉來，隨後很快地抬起頭，方才雷妮看到的表情已不復存在。

「雷妮，妳聽我說。」此刻顯露在萊德那張俊俏臉蛋上的，是雷妮最喜歡的溫柔神韻，他蹲下身來，扶著雷妮微微發抖的肩膀，「我知道妳很委屈，但是我需要妳。就當是為了我，犧牲一點點好嗎？」

萊德的雙眼深情款款地注視著雷妮，嗓音低沉又魔性。

「可是……我真的沒辦法……我好怕……」

雷妮垂下頭來，聲音依然顫抖，處處顯露出她的膽怯害怕。不過，在萊德的溫情攻勢之下，雷妮似乎有那麼一點動搖了。

「別怕，不會有事的，我會給妳最好的。如果妳會怕，還記得我給妳的東西嗎？」萊德摸了摸雷妮的頭，掌心摩挲著對方柔軟的髮絲。

「您是說……那個嗎？可是，您之前給我的分量不夠我克服恐懼……」雷妮愣了一下，慢慢地抬起頭來，滿是淚光的雙眸不知所措地望著萊德。

「乖，放心，只要妳好好聽我的話，為了不讓我心愛的雷妮害怕，我會給妳更多的。」萊德將本來摸著對方頭頂的手，滑到雷妮的臉頰上，雙手捧著她的臉，溫柔地說道。

那眼神，那口吻，都像極了寵溺愛人一樣。

不管是不是，對此刻的雷妮而言，萊德大人這麼地溫柔體貼，肯定是因為愛著她吧？

在乎自己的感受，在意自己的恐懼，萊德大人一定是這樣想的。

「真、真的嗎？萊德大人？」雷妮愣愣地睜大雙眼，暫且止住了淚水。

「傻雷妮，我何時騙過妳了？」萊德好似對待易碎的娃娃般，小心翼翼地捧著雷妮的臉，用迷人又低沉的嗓音反問道。

「萊德大人……我就知道萊德大人您對我最好了！」

雷妮破涕為笑，反伸出雙手，環住萊德的脖子，緊緊地撲抱上去。

「雷妮啊，妳要好好記住，這世上不管其他人怎麼對妳，我都是真心在乎妳的。」萊德一手撫摸著雷妮的後腦勺，低聲地覆在她耳邊說道。

然而雷妮卻看不到，摟抱著自己的男人，是用什麼表情說著這充滿柔情蜜意的話語。

兩人在房裡相偎了好一陣子，萊德安撫完雷妮之後，雷妮重新回復到平時的神色，兩頰微微泛著紅潤，甜膩膩地微笑離開。

萊德確認雷妮離開自己的寢室後，他隨即撥打了一通電話，過了一會電話接通，他便開口道：「跟查理斯先生說，我這邊搞定了，一樣請他將其他人召集起來……嗯？對，日期沒變，就看這一次了，我會讓他們滿意的……」

「是什麼，能讓萊德侯爵如此高貴之人，費盡心思也要討好別人？」

突然，一道聲音從門外傳入，萊德一聽馬上停住談話。

「哎呀，這不是福斯特伯爵嗎？突然來訪，該說是驚喜，還是有點無禮呢？」

萊德迅速掛斷電話，似笑非笑地對著法蒂娜問道。

「那就要看萊德侯爵怎麼認為了。不過，我記得我家的隨從跟你提過吧，說我要給你一點『驚喜』。」

法蒂娜大大方方地走進萊德房裡，她外罩著一件黑色大衣，包得密不透風。豔紅的嘴角微微揚起，綻放著略帶侵略性的美豔笑容。

「喔？是什麼驚喜？」萊德的眼睛一亮，挑起一邊的眉頭問向法蒂娜。

「我今天不是出門一趟嗎？」法蒂娜一邊說，一邊微笑地走近萊德。

「嗯，我聽說了，正想問妳去哪裡了呢。」

萊德站在原地，看著法蒂娜逐步朝自己走來。

「我去買了東西，女人嘛，總是喜歡購物。我聽說海斯王國的服飾工藝特別講究，有著不輸皇室的華美。」

法蒂娜來到萊德跟前，她將雙手從大衣內伸出，環繞上萊德的頸子。同時，披掛在她身上的外套也應聲滑落。

「你覺得我身上這件衣服好看嗎？萊德侯爵——」

朱紅色的唇角微微勾起，眼眸中流轉著誘惑，法蒂娜魅惑地出聲詢問。而映入萊德眼簾的衣物，正是一件紅色蕾絲鑲著金邊的薄紗洋裝。

正紅色的薄紗，薄如蟬翼，讓藏在底下的雪白凝肌若隱若現。澄金色的蕾絲滾邊，勾勒出一條條綺麗的線條，象徵著奢華與誘惑。細長的吊帶半垂在法蒂娜的肩膀上，胸前交叉的皮繩之下，是豐滿的曲線，彷彿可以隨時扯開，閱覽美景。

如此大膽的衣著，加上法蒂娜傾國般的美麗容貌以及曼妙的身姿，都讓萊德看得視目不轉睛。有那麼一瞬間，在這安靜的房間內，法蒂娜幾乎可以聽見對方吞咽口水的聲響。

「吶，你不給一點評價嗎？關於這個驚喜？」法蒂娜雙手攬著萊德的頸子，微微歪著頭，用柔情的聲線問向萊德。

「這個驚喜……實在是太美好了呢，法蒂娜。」萊德舉起手，輕輕地撥弄著法蒂娜垂在胸前的雪白長髮，「我們海斯王國的衣服，很適合妳呢。不過……」萊德說到一半，將法蒂娜的一縷髮絲舉至自己面前，他雙眼盯著法蒂娜，低頭吻了一下法蒂娜的髮梢。「如此主動的驚喜，想必妳已經做好心理準備了吧？」

萊德直視著法蒂娜的眼睛，宛如獵豹一樣，鎖定獵物，充滿狩獵般的情欲。

「如果做到這一步你還不為所動、坐懷不亂的話，我才要擔心呢，萊德。」法蒂娜往前一湊，在萊德耳畔輕吹一口熱氣。

「妳啊，真是愛玩火——」

毫無預警地，萊德一把將法蒂娜迅速抱起，二話不說就將她帶到床邊。

「如果我不愛玩火，你又怎會獲得這樣的『驚喜』呢……」法蒂娜毫不抗拒，雙手依然攬著對方的頸子，任憑萊德將她抱著。

「所以，那些傳言都是真的嗎？妳果然是充滿魔鬼般致命誘惑的女人。」將法蒂娜放倒在床上，萊德雙手壓在她的兩側，笑著問道。

「我也不知道呢……倒不如用行動來驗證看看?」法蒂娜一邊說著，一邊將雙手移向萊德胸前，解開他的鈕釦。

表面上雖維持著魅惑的笑容，但對法蒂娜來說，現在的每分每秒都是戰鬥。沒有太多機會。

沒有太多時間。

她在海斯王國參訪的行程就快結束了，她必須盡快確認「清單」上的嫌疑者。除了緊張，法蒂娜也必須設想接下來的局面她該怎麼應對。她迅速地解開萊德身上的第一顆鈕釦，接著是第二顆、第三顆……

越接近「那個位置」，法蒂娜的心跳就更為快速。

就快看見了——

只要能夠親眼確認，答案就能揭曉。

在專心解開釦子的同時，法蒂娜卻也得面對萊德的進攻。萊德低下身，湊近她的右側臉頰，用高挺的鼻梁磨蹭著她，再從口中吹送出灼熱的氣息拂過她的耳畔。

搔癢難耐的感覺，使得法蒂娜下意識地微微瞇起了眼睛。她覺得現在這姿勢真是有點礙事，不好解釦子一回事，若這傢伙持續壓著她，她恐怕也不好確認她想要的答案。

「紅色如獠牙的胎記」，這是法蒂娜一直牢牢記在心底的關鍵線索，殺害姐姐的犯人身上應該就會有這個記號。

那個胎記十分隱密，位於下腹與側腰之間的位置，一般來說，若不是足夠親密的行為或者適當的時機，很難從外側看見。

現在，只要脫下這件礙眼的外衣，再稍稍將萊德的褲頭解開，她就能知道真凶是否就是眼前的這個男人。

「妳很心急嘛，法蒂娜？」萊德一邊低聲詢問，一邊將嘴唇貼上法蒂娜的耳鬢，輕輕摩擦。在這個過程之中，法蒂娜能聽見對方逐漸粗重起來的呼吸聲。

「有了上次的經驗，我怎麼能不把握時間呢？」法蒂娜一邊確認狀況，一邊回應著對方。她已經把釦子全數解開，現在只差將萊德的外衣扯下，就能看到自己要確認的東西。

「放心，若妳擔心的是雷妮……今晚她不會再來打擾我們了。」萊德低下頭，親了法蒂娜的頸側一口，發出「啾」的一聲。

「哦？這麼有信心？」

「呵，妳現在只要好好專心在我們的事情上就夠了。」

耳邊傳來萊德自信的回答後，法蒂娜感覺到萊德開始解開她胸前的皮繩。

法蒂娜對此早已有了心理準備，就算真的被看見，她也不會後悔。何況，這還不是最大的損失。倘若她沒有順利看到答案，最糟的情況，就是把自己也賠了進去。

「等等萊德，這麼快就要拆禮物了嗎……」法蒂娜對著萊德這麼說，試著拖延一下時間。

「不現在拆，何時才能拆？」

正當萊德準備解開皮繩的束縛時，法蒂娜突然使力，將對方用力一推，反轉過身，跨坐在他的身上。

「呵，可沒那麼簡單，要拆禮物，也是女士優先吧？」

法蒂娜雙手放在萊德的腹肌上，剛才翻轉的動作，已讓萊德身上的襯衫攤開，一覽無遺。

距離法蒂娜想要看的地方，還差一點點——

「那好吧，既然妳都這麼說了，我只能讓妳先替我服務了，法蒂娜。」萊德雙手舒展開來，似乎同意要讓法蒂娜對自己為所欲為。

「呵，那我就不客氣了，萊德侯爵。」

能聽到萊德這麼說，法蒂娜心裡鬆了一口氣，還以為這傢伙會是那種非得將主導權緊握在手中的類型。

趁萊德沒有改變心意之前，法蒂娜快速地將他的皮帶解開，同時自己的心臟也怦然加重力道地跳著。

在解開皮帶，拉開腰腹的遮掩後，映入法蒂娜眼中的，除了萊德深刻的人魚線與結實的腹肌外，還有法蒂娜最在乎的答案。

法蒂娜深吸一口氣，瞳孔微微收縮，萊德察覺到法蒂娜這突然的停頓，便皺起眉頭問道：「怎麼？這樣的身材讓妳不滿意嗎？我對我的腹肌還算自豪啊。」

「不，不是，的確是很棒的身材……」

「那妳為何一臉錯愕的表情？」萊德拉住了法蒂娜的右手，稍稍抬起上半身，追問道。

「看來，還是逃不過你的法眼啊……」法蒂娜僵硬著身體，隨後便嘆了一口氣，正當萊德想再說些什麼的時候，法蒂娜又搶先開口：「實在是出乎我的意料，沒想到萊德侯爵的身材竟鍛鍊得如此結實，真是太令人驚喜了。」

「原來是這樣啊，哈，那我就收下妳的讚美了。」得到法蒂娜的回應後，萊德終於鬆開緊繃的神情，笑了笑。本來抓住法蒂娜的手也一併鬆手放開。

「那麼，現在可以繼續下去了吧？等把我的衣物全部褪去之後，我保證妳會得到更多驚喜……」萊德舉起手，從法蒂娜的右側肩膀頂端，慢慢地，用指甲輕輕地往下滑。他的力道不會讓人感到刺痛，反而產生了一種若有似無的撩撥挑逗。

「恐怕，要下次才能進行了。」

「什麼？」

在法蒂娜說出這句話的當下，萊德一愣，傻眼地睜大眼睛看著法蒂娜。

「今晚，就到這裡結束吧，萊德侯爵。」

「等等，法蒂娜，妳這是怎麼回事……」

再次聽到法蒂娜的回答，萊德難以置信地迅速坐起身，正想一把抓住她時，對方卻先行一步起身離開。

「就是字面上的意思，萊德侯爵。」

法蒂娜離開床鋪，站到床邊，本來的嫵媚神色全都轉變為冷冰漠然，讓萊德一時間難以接受。

「法蒂娜，這種事情可不是單方面說下次就下次……」萊德也跟著快速地站起身，他的臉上出現一絲慍色，就在他正要對法蒂娜出手之際——

「別碰我，萊德侯爵。」

冷冰的言語一出，剎那，法蒂娜順勢抓住萊德的手，乾淨俐落地將萊德一個過肩摔痛摔在地。

「痛！」萊德狼狽萬分，被狠狠摔在地上發出哀號。

「萊德侯爵，你應該知道，當女士說結束的時候，就是真的結束了。請保持紳士風度，不要玷汙了你身為海斯王國貴族的名譽。」法蒂娜漠然地看著匍匐在地，正慢慢撐起身子來的萊德。

「妳……妳竟敢這樣出爾反爾，還敢這樣粗暴對我……法蒂娜，妳以為自己是誰？」坐起身後，萊德眼神充滿怒色地瞪著法蒂娜。

「不就是男歡女愛嗎？這種事情，是講究感覺氣氛的。很抱歉萊德侯爵，我突然之間沒了興致，但你若因此翻臉也太過丟人了，日後要是被傳了出去，說萊德侯爵是個會強迫女性的人渣，哎呀，那才真是太可怕了。不過這段『佳話』肯定會很受歡迎吧。」

面對萊德的憤怒，法蒂娜不慌不忙，面無表情又從容地穿上黑色大衣，從大衣內側撥出一頭秀麗的雪色長髮，輕輕地甩了甩之後，重新穿上紅色高跟鞋轉身離開。

「福斯特．法蒂娜，我不會忘記妳今夜烙印在我身上的恥辱！」

萊德站起身後，握緊雙拳，滿是恨意的眼神望著法蒂娜遠去的背影，咬牙切齒地喃喃自語。

The Villain Earl's Discipline Diary

第七章

「情況如何？法蒂娜大人？」眼見法蒂娜匆匆走進房內，黑格爾馬上上前關切詢問。

「差不多要暴露了，我們今晚收拾好，明天一早就離開海之碉堡。話說回來，你怎麼比我還快回來？不是要你管好雷妮別來礙事？」一進門就見到黑格爾關心的臉，法蒂娜先是迅速地回答對方，下一秒又想不太對勁，反問黑格爾。

雷妮確實沒有在關鍵時刻來找麻煩，但黑格爾卻比她預期得還要快回來，令她有點不解。

「關於雷妮，當我要前去找她時，發現她今晚有點不太對勁。」

「怎麼個不太對勁？」法蒂娜一邊整理自己的物品，一邊皺起眉頭問向黑格爾。

「雷妮她今晚不知怎麼了，整個人渙散慵懶，又哭又笑，躺在床上動也不動，兩頰微微泛紅，懷裡還抱著一件男性尺寸的針織毛衣。」黑格爾邊回答自家主人的問題，邊著手開始幫忙法蒂娜整理。

「嗯……」

法蒂娜聽完黑格爾的描述之後，沉默了一會，她想起今晚萊德曾說過，雷妮今夜不會再來打擾之類的話。

看來，雷妮的異狀似乎跟萊德脫離不了關係。

「法蒂娜大人，那麼您進行得如何？答案究竟是……」

「如果答案是肯定的，你認為我會怎麼做？」法蒂娜暫且停下動作，一手扠腰反問黑格爾。

「您會讓那個人承受最大最的痛苦，而不是像現在一樣要急忙離開。」先是回答了法蒂娜問題，黑格爾突然恍然大悟。

「萊德身上沒有『紅色如獠牙的胎記』。」法蒂娜板著臉，嚴肅地說道。

「那就代表……」

「萊德不是殺害姐姐的凶手。」法蒂娜斬釘截鐵，臉上浮現出一絲複雜的神情。

「嗯……也難怪法蒂娜大人您要盡早離開海斯王國了。一來，您已經沒必要繼續調查萊德侯爵；二來，您應該想快點確認下一個目標。」黑格爾在和法蒂娜說話的時候，雙手也沒停下，繼續忙著收拾行李。

「我本就沒有預期會很快抓到凶手，但至少『清單』上的嫌疑人少了一個，代表我離真相又更近了一步。」法蒂娜隨後將一件大衣塞進行李中，「黑格爾，我們明早就走，理由我已經想好了，就說海之碉堡太過寒冷，我待不慣。」

「您的理由還真是任性啊，但確實很有您的風格呢。這種理由換作是從別人口中說出來，大概會覺得虛假，不過是您的話，就算傳開了，大家也只會覺得『啊，這就是福斯特伯爵會說的話啊』。」黑格爾有些無奈地苦笑一下。

「怎樣，你這是故意挖苦我，還是在說真心話？」

法蒂娜皺起眉頭，兩頰有些微微鼓脹。她本人似乎沒注意到自己的反應，倒是黑格爾忍不住在心裡覺得十分可愛。

「這種陷阱題，就別讓屬下跳了，法蒂娜大人。」黑格爾搖搖頭，臉上依然掛著苦笑。

「哼，我要睡了，反正我就是別人眼中跋扈囂張的福斯特伯爵。」法蒂娜冷哼一聲，氣呼呼地一屁股坐到床上，整個人直接躺了下去，用力將棉被往上一拉。

「哎呀呀，法蒂娜大人就只有賭氣的時候特別可愛呢……」黑格爾莞爾一笑，低聲呢喃。

然而，在他心中始終有一件在意的事。

雷妮，究竟怎麼了？

隔日一早，初升的太陽還未完全露臉，法蒂娜和黑格爾早已將行李整理好，離開房間，來到一樓大廳準備離開。

「法蒂娜大人，再過十五分鐘，我預約的專車就會抵達海之碉堡。」來到大廳門口，黑格爾停下腳步，看了一下腕上的手表，再抬起頭來對著法蒂娜報告。

「嗯，不過事情還真是意外順利……我們都這麼大搖大擺地要離開了，沒見到萊德那傢伙就算了，大廳裡連一個人都沒有也太奇怪了。」

法蒂娜一手扠著腰，環看著海之碉堡，視線掃過一樓大廳和通往二樓的樓梯，就是沒見到半個人影。

起初設想的狀況，應該是萊德會出來阻止自己，畢竟如果她就這麼直接離開，肯定會折損萊德的顏面。退一步來說，就算萊德沒有出現，但她和黑格爾的行動多少會發出一些聲音，海之碉堡內應該也會有其他僕人注意到。

但是，現在這種莫名詭譎的寂靜是怎麼回事？

「法蒂娜大人，或許是大家都還在熟睡吧？這樣不好嗎？沒人阻攔我們，我們也就能更加順利地離開了。」

「如果真是這樣就好了……」法蒂娜低聲回應，雙眼則繼續觀望周遭的動靜。過了一會，海之碉堡仍呈現一股異常的寧靜，不知是不是心理因素影響，讓法蒂娜感覺此時的空氣變得比平時更加凝重。

黑格爾不時看著手表確認時間。

「再過十分鐘，車子就會抵達，法蒂娜大人。」

「嗯，或許是我多慮了吧……」聽到黑格爾的報時，法蒂娜閉上雙眼，喃喃自語，「姐姐，妳再等等我，現在剔除掉一個人選，我很快就會再確認『清單』上的第二人……」

——砰咚！

就在法蒂娜的話說到一半時，安靜的海之碉堡內忽然傳來一聲碰撞的聲響。

法蒂娜和黑格爾同步轉頭朝聲源處一看，只見一名女僕似乎不小心將手上的水桶打翻，狼狽地跪坐在地上。

女僕的神色顯得十分慌張，臉色發白，急急忙忙想要站起身，卻又急著彎下腰打理被潑濕的地板。

「那名女僕的反應有些奇怪。」法蒂娜雙眼繼續盯著對方，同時稍稍側過臉對黑格爾低聲說道。

「您是指？」

「一般來說，僕人打翻水桶會表現得那麼害怕嗎？」

「這倒是，她看起來格外恐懼，到底是怎麼回事……法蒂娜大人？」黑格爾回應到一半，法蒂娜就跨出步伐，走向那名女僕。

「喂，妳。」在女僕的面前停下腳步，法蒂娜冷冷地叫了對方一聲。

「嚇啊！」

女僕著實嚇了一跳，整個人立刻反彈起身體，戰戰兢兢地站了起來，挺起肩膀面向法蒂娜。

「妳有必要這麼害怕嗎？不過就是打翻水桶而已？」法蒂娜眉頭一皺，問向臉色慘白的女僕。

「對、對啊……只、只是打翻水桶而已，只是打翻水桶而已……沒、沒事的……」女僕根本答非所問，她全身發抖，聲音也明顯地顫抖著。看到對方這種反應，法蒂娜更是好奇了，她將目光往下，看向女僕方才打翻的水。

「嗯？這水的顏色……」

法蒂娜盯著地上的水灘，發現水中似乎隱約有著其他不尋常的顏色。一點點刺眼的紅色。

「說。」毫無預警，法蒂娜突然一把抓住女僕的手，這個動作立刻讓對方又嚇得叫了一聲。「妳剛剛在清理什麼？」

法蒂娜目光炯然地注視著女僕，視線彷彿要把她貫穿，她的質問讓女僕馬上懼怕地回應：「什、什麼也沒有！什什什麼也沒……」

女僕像是拚命否認一般，不斷搖頭。

「那為何這桶水好像帶點紅色？」法蒂娜再次追問，加強了抓緊的力道。

「我、我不知道，我什麼都不知道……嗚嗚……」女僕說到最後忍不住哭了出來。

法蒂娜見狀便說了一句：「告訴我，我會替妳作主，保護妳的安危。」

「啊……」一聽到法蒂娜這麼說，女僕愣了愣，暫且停住了哭泣，雙眼漸漸明亮起來。

「真、真的嗎？」

「我可是福斯特伯爵，就算要我買下一個僕人也沒什麼困難。」法蒂娜正色地回覆對方，語氣堅決又冷冰。

聽完法蒂娜的這句話後，女僕垂下頭來，咬了咬下唇，小小聲地說：「是雷妮……」女僕又深吸一口氣，才把這句話完整說出來，「我是在清理雷妮的房間……那個紅紅的……是、是血……」

說到最後，女僕又哽咽起來，同時法蒂娜放開了抓緊她的手，沉著一張臉說：「我知道了。」

隨後法蒂娜對黑格爾拋下一句：「我去查看一趟。」

「等等，法蒂娜大人，再過五分鐘車子就要來了，您現在去的話……」黑格爾看了一下手表，馬上出聲欲阻止法蒂娜。

「只要我想離開就能隨時離開，但我不能放著這種事不管，黑格爾。」沒有回過頭看向黑格爾，法蒂娜只是用毫無起伏的語調回應了他。

「走吧，帶我去現場。」法蒂娜轉頭對著仍然在發抖的女僕下達指令。

「真是拿您沒辦法啊……不過，這的確是我了解的法蒂娜大人沒錯。」看著法蒂娜和女僕先行一步，黑格爾有些無奈地莞爾一笑，喃喃自語後跟上她們的腳步。

一來到雷妮的房間，映入法蒂娜和黑格爾眼簾的畫面，著實令人吃驚。

「這究竟是發生了什麼事啊……」

站在法蒂娜身後的黑格爾，看著眼前的景象，瞳孔微微收縮。

在他和法蒂娜的眼中，雷妮的房間內一片狼籍，所有東西翻箱倒櫃，物品都被胡亂扔擲在地上，到處都是支離破碎的殘渣痕跡。

其中，最為駭人的，莫屬於遍地灑落的紅色液體，以及空氣中瀰漫著的一股鐵鏽味。這一切讓黑格爾幾乎可以斷定，這裡一定發生過激烈的衝突。

「妳、妳怎麼把福斯特伯爵帶來了！」

在現場忙著整理環境的另一名女僕，正是海之碉堡內較為資深的員工，艾兒。她一見到房門前出現法蒂娜和黑格爾的身影，著實嚇了一跳，口氣中除了驚訝，還有一絲責備。

「對、對不起，我也不知道怎麼辦，我、我真的好害怕……」帶法蒂娜和黑格爾來到現場的女僕嚇壞地回應道，她低著頭，眼神閃爍。

「是我命令她帶我來的，怎麼，有意見？」法蒂娜一手扠腰，冷冷地對著艾兒道。

「這……」

艾兒一時間不知該如何回應，眼神下意識地投向黑格爾。黑格爾一察覺到她的視線，便站出來對法蒂娜說：「這邊交給我處理吧，法蒂娜大人。」

得到法蒂娜的點頭同意後，黑格爾便上前詢問艾兒：「艾兒小姐，請問能否告訴我這裡發生了什麼事？這些血跡又是誰的？若我沒記錯，此處是雷妮小姐的寢室吧，那麼，房間的主人怎麼不見蹤影？」

面對黑格爾溫柔的嗓音跟關切的眼神，以及想到曾經和黑格爾之間的那一點點曖昧，艾兒很快地便招架不住，有些怯怯地回答：「這些血跡是雷妮的……她……似乎是情緒失控了，要出門前有點不受控制，我們這些僕人想要抓牢她，但……」

說到一半，艾兒吞嚥了一口口水，似乎對當時的情況仍心存餘悸。

「我大致了解了，現在可以請妳告訴我，妳前面說雷妮要『出門』前，那她現在去了哪裡？」

失控，暴走。

雷妮似乎是在這種狀態下和這些僕人產生衝突，受傷流血，這些物品應該也是在掙扎途中被破壞的。

問題在於，雷妮為何會失控？

在這種失控的情況下，她又能去哪裡？

或者該問，即便失控也得去的地方究竟是何處？

諸多疑問在法蒂娜的腦海中浮現，她將目光鎖定艾兒，等待答案。

「這……」艾兒面露難色，別過目光，咬著下唇。

「艾兒小姐，有任何問題，福斯特伯爵會替妳承擔的。」眼看艾兒一副欲言又止的模樣，黑格爾趕緊補上這句。

聽完黑格爾的話後，艾兒緩緩地抬起眼來，不安地看著黑格爾和法蒂娜，語帶顫抖地說：「雷妮她——」

「沒想到那個萊德居然敢這麼做。」

法蒂娜打開車門，迅速地坐了進去，本來在駕駛座的司機被趕了出來，一臉愣愣地看著車上的人。

此刻，這輛車原本是要搭載他們離開海斯王國的。但法蒂娜現在有了完全不同的目的地，於是直接將司機趕下車打算自己駕駛。

「法蒂娜大人，您一個人獨自前往的話並不安全，既然您已經知道萊德可能要做的事，我就不能讓您冒這個險。」黑格爾顯然知道自家主人要做的事有非常大的風險，連忙要阻止對方。

「聽著，黑格爾，沒時間了，我交代給你的事情必須盡快完成。還有，別把我想得太脆弱，我已經不再是那個在姐姐墳前哭到昏厥的女孩了。」

當法蒂娜這麼說時，黑格爾一時間就像被封住了嘴巴，閉上雙唇，眼底卻依然滿是擔心。

在黑格爾的腦海中，浮現了當年那張因啜泣而暈眩的女孩臉孔。

他一手揪著胸口，隱隱發痛卻不能訴說，黑格爾最後將揪著衣服的手，轉而平放在胸前。

「黑格爾定會完成您交代的使命——祝您順利，法蒂娜大人。」

彎下腰鞠躬，在黑格爾的動作之後，車門很快地應聲關上，引擎發動。

車身高速地往前直奔，消失在黑格爾的視線之中。

引擎聲浪轟然充斥雙耳，法蒂娜重踩油門，加速前進。她知道自己要去哪裡，當艾兒告訴她，雷妮是在失控的情況下，被架上車離開海之碉堡前往「那個地方」時，她就大抵拼湊出了事情的全貌。

但是，現在還不能完全應證她的猜測。

她知道那個地點，腳下不斷加速，過彎，就是為了趕在最後一刻前抵達。如果她沒有算錯時間，艾兒所提供資訊也沒錯的話，她或許能扭轉局面。

「看到了！」

法蒂娜直視前方，看見一臺車牌號碼尾數為「467」的黑色廂型車，她馬上又再次重踩油門。

追上去之後，法蒂娜沒有立刻攔下車輛，反倒一直尾隨在附近等待觀察，看著黑色廂型車在海斯動力管道工程附近停下。

靜待觀察個幾分鐘後，法蒂娜就見前方的廂型車門打開，一道身影先被推了下車。

「果然沒錯……」

不遠處的身影，正是雷妮。

雷妮身上似乎裹著繃帶，但大部分都被身上的華美服飾遮掩，在她身旁有兩名壯漢架著她前進。

法蒂娜迅速將車子熄火，下了車，小心翼翼地逐步靠近。

「快走，別拖拖拉拉的。」黑衣壯漢推了雷妮一把，凶狠地下令。

「妳別再抵抗，快去把要辦的事情辦一辦。」另一名黑衣光頭壯漢也不客氣地推了她一下，雷妮因而踉蹌地往前幾步。

「啊……」

雷妮的眼神恍惚，嘴角還有一點受傷的痕跡。她搖搖晃晃，彷彿不知道自己的處境。

就在這時，其中一名黑衣壯漢突然應聲倒下！

「是誰？」

光頭壯漢見狀，馬上警戒起來尋找凶手，但他還沒來得及做出反擊，下一秒就跟隨同伴的腳步，一同昏倒在地。

雷妮愣愣地看著他們，只見這兩名倒地的男人的脖子上，都有明顯的勒痕。

就在她不知所措時，只聽見一道聲音：「噓，乖乖配合我，雷妮。」

一群穿著西裝襯衫的男人，坐在燈光五顏六色的包廂內，空氣裡充滿了濃濃的酒精味，以及刺鼻的菸味。

他們個個酒酣耳熱，肥碩的肚子幾乎快把襯衫釦子撐開，每個人都開懷地喝酒交流，又或大聲暢談。

「我說，今天的人怎麼還沒來？好慢啊！」其中一名身材圓胖的中年男子舉著酒杯問道。

「該不會不來了吧？萊德那傢伙辦事這麼不牢靠嗎？不過就是一個女人也搞不定？」另一名頭髮稀疏的中年男子皺著眉頭質疑。

「哈哈難說喔，因為那女人可是會魔法的婊子啊！哈哈哈！稀有動物嘛！搞不好萊德那小子突然捨不得了！」第三名頭髮略白的中年男子說完，又大口地喝了一口酒。

就在大伙討論得正熱烈時，門口傳來了敲門的聲音。

「喔喔，應該是人來了！快、快進來！」身材圓滾的中年男子趕緊回應，隨後就見門扉緩緩開啟，一道身影出現在眾人面前。

「哎唷，搞什麼神祕嗎？但看那雙腿還真是美啊……」

一名男子上下打量著走入門內的女性，雙眼露出不懷好意的目光。在他眼中的這名女子，一身黑色斗篷，遮蓋了大半容貌，但從身形來看，多少能夠看出她在斗篷底下深藏的傲人胸圍。而最吸引眾人目光的，則是那一雙修長的美腿，合身短褲完全將白皙長腿展露無遺，讓一旁的男性們看得目不轉睛。

「我說查理斯，你可別想第一個品嘗喔，哈哈哈！」

「哈，這個我可不敢跟你保證！」被點名的中年男子，身材圓滾的查理斯一臉賊笑地回應。這群男人臉上都掛著意圖不軌的笑容，滿口酒氣與菸味地靠近女子。

「你們要做什麼……」看到一群男人朝自己靠近，女子有些恐懼地提問，身體不由自主地往後退。

「做什麼？萊德沒跟妳說嗎？」查理斯突然抓住女子的手，使她無法逃脫。

「當然是要盡可能滿足我們啊，女人。」另一名男子同樣抓住她的手，在他臉上的笑容相當令人作嘔。

「住、住手！萊德大人、萊德大人不可能這樣對我！他明明說了我只要表演魔術就好……」

女子想要掙脫，聲音聽起來相當害怕，但似乎她越是害怕，這群男人就更不願放手，表情顯得更加興奮。

「嘿嘿嘿……真不知道會魔法的女人玩起來是什麼滋味，該不會亢奮的時候還會露一手魔法助興吧？哈、哈哈……」

隨著查理斯臉上的笑越發令人作嘔，他拉住女人的手也越爬越高，甚至意圖扯開對方的斗篷。

「你、你們怎麼可以這樣！萊德大人怎麼可能這樣對我！我不信！萊德大人到底對你們說了什麼！」

女子不斷扭動身體掙扎，但隨之而來的卻是令她更為打擊的答案。

「女人，妳真想知道妳家萊德大人說了什麼嗎？看在妳可憐的分上，我就跟妳說吧。萊德那個臭小子啊，早把妳賣給我們啦！只要我們繼續掏錢投資他的動力管道工程，他就會一直一直提供有趣好玩的女人給我們！」

「你、你說什麼？萊德大人他真的……真的這樣說？」女子不敢置信地顫抖著問道。

「是啊，他真是這樣說的。萊德那傢伙，很懂得滿足我們又很會挑人呢！妳已經是第幾個來著？哈哈，早忘了！之前查理斯那老傢伙說想玩一個不一樣的，沒嘗過會魔法的女人的滋味，沒多久萊德就真找到妳啦！」

頭髮斑白的男人笑著接續說：「萊德那傢伙不知道用了什麼東西，把妳跟之前的女人都弄得對他服服貼貼。好了，快來伺候我們，不然我們可不知道會不會弄壞妳啊，嘿嘿嘿……」

「就算不小心玩壞也沒關係吧？看上次那個女人，我們現在不也沒事嗎？哈哈，只要萊德那傢伙需要我們的錢，海斯的警察就不會抓到我們！」查理斯高舉酒杯大聲回應，隨後又豪爽地喝了一口，「現在妳快點給老子乖乖就範——」

正當查理斯舉起另一隻手，握起拳頭就要往女人臉部揮下之際——

「你說的，都是真的嗎？」和幾分鐘前的口氣截然不同，就像瞬間變了一個人似的，斗篷下的女人冷冽地質問查理斯。

更令查理斯等人錯愕的，是這個原本還在顫抖的柔弱女子，竟一把擋下查理斯原先要落在她臉上的拳頭。

「妳、妳是怎麼回事！」

查理斯的瞳孔微微收縮，愣愣地看著對方。他一個大男人，一個平常都把女人視為玩物的男人，竟一時間對一個女人產生了……恐懼？

「我再問一次，你剛才所說的都是真的？」完全不管查理斯的質問，女子的口氣更為強硬，同時還加重手上的力道，用力擠壓查理斯的拳頭。

「痛！妳、妳這女人怎麼突然力氣變這麼大……」

「說不說？」再次無視查理斯的話，身披斗篷的女子再次壓低嗓音，加重力道。

查理斯立刻痛得大喊：「真的！是真的！都是真的！妳這該死的女人到底想怎樣！我說你們其他人是不會幫忙嗎！」

被查理斯這麼一喊，旁邊的其他同伙終於有了反應，他們似乎也由於女子的轉變而吃了一驚，就連原本一起抓住她的另一人也鬆開手，直到查理斯大聲叫喊，這才醒了過來，紛紛上前幫忙。

「喂，我說女人，妳別以為自己一個人就可以反抗我們……」

另一名頭髮稀疏的男人上前要將查理斯和女子強行分開，下一秒，卻見女子腳一抬，迅速又充滿狠勁地踢開對方！

接著，她甩開查理斯的手，退回門前，二話不說就將蓋在頭頂的斗篷一把拉下。

當她的真面目顯露出來時，現場所有男人無不露出一臉驚駭，難以置信地看著那張臉。

「這、這不是……不是說來的是那個叫雷妮的……」

「這、這張臉我見過……她、她是——」

「怎、怎麼會……是亞弗公國的福斯特伯爵！」

三名男人驚訝連連，最後忍不住變成一聲驚呼。

「你們真是噁心。」

亞弗公國伯爵——福斯特．法蒂娜皺起眉頭，眼神充滿嫌惡地瞪著前方這群男人。

「我會將你們的所作所為讓全世界知道，當然，萊德我也會讓他得到應有的懲罰。」法蒂娜從口袋裡拿出暗藏的錄音筆，「查理斯，你們每個人所說的話，都一字不漏地收錄在這裡了。」

「妳這該死的臭女人……」查理斯氣到兩頰漲紅，一邊的手還在抽痛，隨後他便對著其他人喊話：「不能讓她出了這道門！如果她把錄音筆的內容抖出去，我們就都完了！完了！對方只有一個人，而且還是個女人，我們趁現在就把她做掉！」

「對、對啊……她只有一個人！」

在查理斯這麼說後，有人開始動搖，轉而眼露凶光地看著法蒂娜。

「但、但是就算真的殺了她之後呢？她可是亞弗公國的伯爵啊！」

「萊德那個臭小子會掩蓋一切，若我們現在不動手，只要讓她出了這扇門，死的就是我們！」面對其中一人的質疑，查理斯馬上丟下重話，這一段話逼迫所有人都不由得緊繃起來，開始逼近法蒂娜。

「對……只要把她除掉，讓她什麼話都說不出來……」

「我們就能高枕無憂了……」

逐步靠近法蒂娜的男人們，眼神個個變得相當陰暗凶險，他們喃喃自語，雙手欲伸向門邊的目標。

「哈。」法蒂娜輕聲一笑，「就憑你們幾個也想除掉我？」

話音一落，就好似一陣閃電竄過，又宛如鬼影般的行動，法蒂娜一個踢腳，一個肘擊，再一個迴旋踢將後方襲來的人踢翻。

眨眼之間，大多數的男人都已倒在地上，抽搐哀號。

最後，僅剩下不斷往後退，撞上牆壁的查理斯，他嚇得兩腿發抖臉色刷白，看著法蒂娜逐步走近。

「妳妳妳……妳這可惡的女人……妳想、想幹嘛？別、別打我，別打我啊……」

查理斯驚恐地看著法蒂娜，身體不斷地內縮，退無可退時還將腳尖立了起來，就像一隻肥胖的貓。

「我記得有人挺瞧不起女人的？」法蒂娜嘴角一揚，「我會讓你這輩子好好牢記住女人的恐怖。」

冷笑一出，隨後傳來高分貝的慘叫，彷彿要貫穿雲霄。

The Villain Earl's
Discipline Diary

第八章

「這就是他們說的話，雷妮。」法蒂娜在錄音筆播放完畢後，將其收回自己的口袋中。

「萊德大人……原來是這樣看我的嗎？原來我只是他眾多的工具之一嗎？」

雷妮聽完錄音筆的內容，淚流不止，遭受到的打擊可想而知。但法蒂娜沒有打算多做安慰。

她知道那些安慰的話，對於真正難過的人而言根本毫無意義。

「現在，妳能告訴我萊德去哪裡了嗎？」法蒂娜開門見山地問向雷妮。

在離開海之碉堡前，法蒂娜就問過萊德家中的僕人，無人知曉他們的主人去了哪裡，只知道要去「處理事情」。後來，法蒂娜以為會在那群噁心男人中見到人，結果卻撲了個空。

本想從那群男人口中問到萊德的去向，卻也一無所獲，最終法蒂娜只得將希望寄託在雷妮身上。

她總有一種直覺，認為雷妮可能是唯一知曉萊德去向的人。

「我能問妳兩件事嗎？」

雷妮抬起頭來望著法蒂娜，她的雙眼哭得紅腫不堪，彷彿連一滴淚都要擠不出來了。

「問吧。」法蒂娜直接答應。

「為什麼……為什麼妳要這麼做？妳大可不用插手這些，直接離開的吧？」

「這個答案，我說了妳可能也會不信，大概還會覺得我矯情。但是——」法蒂娜皺了一下眉頭，雙手抱胸，「我最討厭欺負跟欺騙女人的渣男，就是這麼簡單。」

當法蒂娜這麼一說，雷妮的眼睛終於亮了起來，雙唇微微打開，好似有些驚訝聽見這個答案。

對法蒂娜來說，她不管雷妮是否相信，但她的這份心情，正是因為姐姐當年的遭遇，讓她對傷害女人的男人深惡痛絕。

就算今天這個受害者不是她的姐姐，她也一樣會狠狠地將渣男痛宰一番。

沒有多說什麼，雷妮接下來又問了第二個問題：「妳……妳打算怎麼對待萊德？如果我說出他去哪裡的話。」

雷妮的問題，法蒂娜沒有立即給予答覆。

她曾想過要不要編個好聽的理由說給雷妮聽，但最後還是決定實話實說：

「我會讓那傢伙得到應有的處罰，這世界所有的渣男都應該被消滅。」

法蒂娜目光炯炯地看著雷妮，說出她最真實的答覆。

當下，雷妮的瞳孔微微收縮，深吸了一口氣。法蒂娜原以為雷妮會捨不得，畢竟她應該是非常喜歡萊德的，就算那傢伙是個不值得同情的渣男。

「拜託……」

「嗯？」

法蒂娜的眉頭一揚，剛剛好像聽到雷妮的聲音，但由於太過小聲，她一時間沒聽清楚。

就在這時，雷妮突然用力地倒抽一口氣，一鼓作氣地使勁喊：「拜託，請一定要讓他得到最痛苦的懲罰！徹徹底底把他所有的一切都消滅除去，不留一點在這世上！」

說完，雷妮兩頰漲紅，拳頭緊握顫動，但並不是因為恐懼，而是由於太過激動。

「哈，看來我白替妳操心了。」法蒂娜輕聲一笑，聳了一下肩膀。

「妳以為我會拜託妳不要下重手嗎？怎麼可能，萊德那傢伙竟然這樣對待我，我怎麼可能接受！我一直以為，我是他心中最特別的那一個，雖然我早知道在我之前他似乎有別的女人……但是，我自恃擁有魔法才能，或許跟其他女人不一樣。我對他的話無不順從，只為了讓他開心，但想不到……」越說越氣憤，到最後轉為哽咽，雷妮咬著下唇，幾乎快把嘴唇咬出血來。

「放心吧，我正是為了消滅這種男人才出現的。」法蒂娜拍了一下雷妮的肩膀，「現在，妳只要把萊德的去向告訴我，妳的願望我就會立刻幫妳實現，我以亞弗伯爵之名向妳保證。」

一個大型工程，在施工期間一定會製造出許多垃圾跟廢料，為此，海斯王國也給予負責人權限，另行規劃出一個工程的垃圾處理場。

這裡位置偏僻，今天並非工作日，因此更是杳無人跡。

冷風颯颯，此處的風不比海之碉堡弱，但和海之碉堡帶著海水鹹味的風不同，這裡的風除了夾雜砂石，還有一股難以言喻的腐臭味。

放眼所見，除了堆滿的砂石坑，就是五顏六色的各種垃圾，它們靜躺在那裡，等待處理。

如此荒蕪之地，只有一道身影佇立其中，望著這片彷彿無邊的垃圾海，神情沉重。

和平常給人的形象不太一樣，身為貴族的他，照理來說應該是養尊處優，絕不親自做事，更不會做什麼粗重的工作。

當然，也不像是會出現在這種地方的人。

然而，此刻萊德卻捲起袖子，身上昂貴的襯衫沾了一部分灰土，雙手更是戴著粗麻製成的工作手套，白色的手套早已骯髒不堪。

倒在萊德腳邊的，是一把沾滿沙土的鏟子，他喘著氣，像剛做完粗重的工作，額頭跟髮鬢都沾滿汗水，表情十分凝重。

「別人一定很難想像，尊貴如你，堂堂一位侯爵大人，竟會出現在垃圾處理場中。」

「是誰！」

聽到聲音的當下，萊德猛然回頭，只見一道身影從陰暗角落慢慢走出。

「怎麼，看到是我，很訝異嗎？」

「法蒂娜……」

赫然見到熟悉的臉孔，萊德一臉詫異，甚至帶著明顯的驚慌。

「看到我，就應該知道發生了什麼事情吧，萊德？」法蒂娜揚起嘴角，一步步走近萊德。

「偽裝成雷妮，威脅我的股東，再從雷妮那邊得到我的位置……是這樣，對吧？」

十分鐘前，萊德就已經收到查理斯打來的電話，告訴他關於法蒂娜假扮雷妮一事。只是萊德沒有料到，法蒂娜竟比預期還快找上門。

「看來你很清楚嘛，萊德。那麼我就不囉唆了，我勸你現在把自己的罪行都招供出來，或許我會下手輕一點。」法蒂娜一手扠腰，對萊德挑明來意。

「哈，我實在不懂。」萊德嘴角僵硬地往上一扯，「我和妳無冤無仇吧？妳為何要做到這種地步？難道一開始接近我，甚至那些纏綿悱惻，都只是為了逼死我的計謀？」

「你只說對了一半，萊德。」法蒂娜說道，「經過我的查證之後，你確實和我無冤無仇。」

「哈啊？查證？妳究竟想查證什麼？」聽到法蒂娜的話後，萊德又是一臉訝異與不解。

「那不關你的事。對，本來一切都不關你的事了，但誰讓你是個差勁的渣男。」

「法蒂娜，妳是在胡言亂語嗎？」萊德顯然無法理解法蒂娜為何突然對自己這麼說。

「你用不著了解太多，反正你自己心知肚明。」法蒂娜清了清喉嚨，接續說：「萊德，你為了能在海斯國王的面前表現出最好的一面，也就是將動力管道工程拿下，並以最快的速度完成建設，如此一來，就能博得國王的信賴與賞識。但是，想要迅速完成如此龐大的建設工程，除了王國的資金，還需要一大筆錢。」

當法蒂娜娓娓道來時，萊德的表情再度陰暗起來。

「想要在短時間內拿出一大筆錢來，對你來說是很困難的。萊德侯爵，你雖貴為侯爵，家產卻所剩不多，大抵只能維持海之碉堡的僕人支出跟開銷。因此，你就想到找一群有錢的富豪入主股份。只是有錢人可不是那麼好打發的，你只好想盡辦法，挑選了一群最容易被美色收買的富豪作為肥羊。」法蒂娜又接著說，「一群好色的富豪有了，但要如何讓他們心甘情願不斷拿出錢來呢？因此你需要美色，也就是女人。」

「哈，妳這是在幹什麼？表演偵探劇嗎？」

「閉嘴，我話還沒說完。」法蒂娜先是直接斥責萊德，隨後又接續原本的話題，「你需要女人，但是又沒有那麼多錢找來可以服侍的妓女。因此，你把主意動到了缺乏自信與愛的女人身上，好比如雷妮。」

「唔！」似乎被法蒂娜一針見血地說中，萊德忍不住面露猙獰。

「拿雷妮來說，她就是你最新的、用來服侍富豪的『籌碼』。是你在動力管道工程開始後，在施工現場無意間發現的目標。起先你大概只是看中她的姿色，沒想到她竟還有魔法天賦，這對你來說簡直就是撿到寶。因為想必那些噁心的富豪，縱使玩過那麼多女人，也未必見過一名貨真價實懂得魔法的女子。」

接下來的話，法蒂娜就算不繼續說下去，萊德也大概知道她要說什麼——無非就是親近雷妮，假裝殷勤地付出愛與關懷，打動從未受到如此溫情、情竇初開的雷妮。

但是，這還不夠。

這還不夠讓這些女人願意甘之如飴地被操控。

「你為了能讓這些女子更為聽話，成為富豪掌心順從的玩物，你還做了更加可惡的事情，對吧？」法蒂娜眉頭深鎖，眼神瞬間增加了不少慍色，「萊德，你還用毒品控制了她們。」

說出了最嚴重的指控，法蒂娜目光筆直地盯緊萊德，神情肅殺。

「我說妳啊……」萊德垂著頭，發出咯咯的冷笑，「知道了這些又如何？證據呢？」

萊德深吸一口氣，抬起頭來，雙手一攤大聲地對法蒂娜說：「妳腳下站的可是海斯王國的土地，在我的地盤，妳又能拿我如何？」

面對萊德的挑釁，法蒂娜沒有做出任何回應，她沉著臉，不發一語。

「妳看看妳，我不管妳是為了什麼要做到這種地步，正義感？還是仇恨？哈哈，那都不重要。」

萊德近乎瘋狂地笑了兩聲，突然掏出一把手槍，將槍口對準了法蒂娜。

「別以為我毫無準備，法蒂娜，我知道妳身手矯健，即便妳是個女人我也從未小覷，當查理斯跟我說妳是怎麼對待他們之後，我便更確信了這點。但是，就算妳再怎麼厲害，也比不上子彈的速度吧？何況妳也不會魔法。」萊德將槍口朝法蒂娜指了指，「現在，妳最好聽我的話，往前走！」

被槍口對準之下，法蒂娜板著臉孔，似乎只有一種選擇，就是不甘願地抬起腳，照著萊德的意思往前走。

「吶，妳不是想知道我做了什麼嗎？妳應該很好奇，除了雷妮以外的女人都去哪了吧？」看著法蒂娜被自己逼著一步步往前走，萊德猙獰地笑著說道。只見法蒂娜眉頭一皺，雖然沒有出聲回應，但萊德知曉自己說中了法蒂娜的想法。

不斷往前行走，直到差點一腳踩空，法蒂娜這才驚險地停下腳步。當她往前一看，赫然一驚。

「都在這裡喔——」萊德一邊將槍口對著法蒂娜的太陽穴，一邊往前看，「那些已經沒有利用價值的女人，都在這裡了喔。」

往下看去，是一個龐大的砂石窟窿，裡面除了灰撲撲的沙塵和垃圾以外，還有好幾具慘不忍睹的——

「這些……都是之前你拐來的女性？」

法蒂娜睜大雙眼，瞳孔微微收縮看著底下這幾具冰冷屍體，看著她們如被丟棄的洋娃娃，和其他垃圾與塵土埋在一塊。

空氣中的惡臭，現在聞起來更多了一種更令人作嘔的恐懼。

法蒂娜強行壓下反胃的感覺，她不能在此表現出一絲一毫的膽怯，絕對不能。

現在她全都懂了，那些在雷妮之前的女人，原來早就被萊德殺人滅口！

「我親愛的法蒂娜，這樣妳也算是死得瞑目吧？很快地，妳就會跟她們一樣一起沉眠在這裡，帶著妳所知道的真相一起封入土中。」

法蒂娜清楚地聽到清脆的機械聲響，看來萊德已將子彈上膛，她非常清楚，萊德的死亡威脅沒有半點虛假。

「萊德。」法蒂娜緩緩地轉過頭，雙眼直直地盯著萊德。

在和法蒂娜視線對上的瞬間，萊德不由自主地倒抽一口氣。

這是怎麼回事？

這種堅定又毫無畏懼的眼神是怎麼回事？

這該死的女人為何可以如此無懼？

不自覺地，他持槍的手微微顫抖起來。

「你真以為自己逃得掉嗎？」

法蒂娜的聲音很平穩，一點也不像死到臨頭之人會有的反應。在這眼神和口氣之下，明明自己才是持槍的那方，萊德竟有那麼一絲動搖。

「少、少囉唆！只要讓妳閉嘴，至少短時間內我不用再有任何擔心！妳不知道吧？只要我把動力工程搞定，海斯那個老國王可是會優先考慮將王位傳給我啊！我怎能讓妳毀了我的冠冕！」萊德的手越來越晃，越說越激動的同時，臉上也頻頻流出冷汗，眼白充滿血絲。

「那麼你就開槍吧，若是你真的愚蠢地以為可以因此坐上寶座。」

淡然地別過頭，法蒂娜的側臉映入萊德眼中，此時夜風吹起，將她一頭雪白的髮如跳舞般揚起又落下。

「別以為我不敢，不過是多殺一個人而已……」

萊德的瞳孔充滿血絲，臉頰夾雜了憤怒與惶恐緊張，這些情緒複雜地糾結在他臉上。

正當萊德心一橫，打算結束這場宛如惡夢的談話之際——

「別動，萊德！」

另一道男性的聲音從後方傳來，萊德屏住呼吸，回頭一看，只見黑格爾赫然出現在垃圾處理場之中！

「是法蒂娜身邊的走狗啊……哼，別以為你來了會有什麼不同！」

雖然黑格爾的出現讓萊德大感意外，但他很快地冷靜下來，槍口完全沒有從法蒂娜身上移開。

「萊德，若是你敢傷害法蒂娜大人一絲一毫……相信我，你絕對會後悔的。」

黑格爾一手舉至胸前，戴著皮手套的手緊緊地握起，眼神凜冽炯然地直視對方。

「哈，後悔？就憑你一個赤手空拳的人有什麼好怕的？我現在就開槍把你們主僕都一起送上路！」一股腦袋充血的感覺強烈地襲來，萊德再無猶豫地扣下了扳機！

「砰！」

槍聲奏鳴，致命的子彈劃過槍口，高速朝法蒂娜的太陽穴而去——

「沒用的。」

剎那，只聽黑格爾低聲說了一句，接下來的畫面卻讓萊德徹底驚呆。

「子彈……停、停在半空中？」

萊德難以置信地睜大雙眼，因為太過震驚就連嘴巴都忘了闔上，他完全沒想到竟會發生這樣的事情。

萊德再次將充血的眼珠轉向黑格爾，只見黑格爾單手的手套不知何時已經脫下，發動一股隱形的力量，讓發射出去的子彈停留在半空中。

「你……你會魔法？」過了半晌，萊德才支支吾吾地吐出這句話。

「現在才知道已經太遲了。」

黑格爾眼神一定，冷冽的殺氣噴薄而出，下一秒，他輕輕移動手指，在半空中的子彈頓時掉頭，轉而射向萊德持槍的手。

慘烈的哀號傳出，子彈貫穿萊德的手掌心，痛得讓他放開握著的槍，鮮血濺到他的衣服上。

「啊，啊啊……你、你們這該死的……」

強烈的痛楚讓萊德表情扭曲，但他仍想彎下身來撿起槍，只是手一伸，就被一隻穿著高跟靴子的腳狠狠地踩住。

「沒聽到剛剛那句話嗎？沒用的。雖然不想太早曝光我家黑格爾的殺手鐧，但還真是沒辦法呢，萊德。」法蒂娜居高臨下，冷冷地對著萊德說道，腳跟還同時故意往萊德方才被子彈貫穿的傷口轉動踩踏。

此刻萊德才真正意會到什麼是痛不欲生，看來黑格爾那一句充滿威脅的話並不是誇大。

慘烈的叫聲彷彿要貫穿整座垃圾處理場，耳邊則不斷傳來法蒂娜的冷言冷語，以及不斷不斷重複再重複的疼痛折磨。

「你現在的叫聲再大再慘，也比不上那些可憐的女性，她們連悲鳴的機會都沒有了。還沒完呢，現在才是懲罰的開始而已，萊德。」從黑格爾手中接過原本掉在地上的槍，法蒂娜對著萊德道，「我答應過雷妮，要給你最痛苦的懲罰。雷妮她啊，在這點上可說是對你深深愛慕著的表現呢。有多愛，就有多恨。」

說著，她用眼神示意身邊的黑格爾。收到法蒂娜指令之後，黑格爾彎下腰來揪住萊德的衣領，毫不留情地將他整個人往前拖行。

「好痛痛痛！」

就像貨物一樣被拖著走，作為一名貴族，貴為侯爵的他這輩子竟會被如此對待，身體被磨得皮開肉綻是一回事，現在就連他的尊嚴也被狠狠地消磨殆盡。

「看著她們。」

被黑格爾拖行到那些被他親手殺害的女人們面前，萊德還沒意識過來時，就被黑格爾一把抓起他的頭，被迫看著前方這群再也無法出聲的女人。

「道歉。」法蒂娜冷冷地對著萊德下令。

「我為什……」

「砰！」

沒給萊德說完話的機會，一道槍聲再次響起，法蒂娜又朝萊德的手臂開了一槍，痛得讓他再次當場慘叫。

「對、對對不起……對不起……」

劇痛占據全身感官，萊德的眼角擠出淚水，手上的血水染紅了衣袖。

「沒誠意。」

槍聲再度響起，又一次貫穿萊德的手臂。

「對對不起！真的對不起！嗚啊啊啊……」

不管萊德再怎麼道歉，槍響仍像斷裂的珍珠項鍊般，轉眼之間，已將萊德的手腳幾乎打成蜂窩。

「喔對了，別忘了雷妮。她不在這裡，所以你得再大聲點。」法蒂娜一手扠著腰，一邊瞇起雙眼，像是在找尋下次要開槍射擊的點。

「拜、拜託饒了我……饒了我，求求妳……拜託饒了我啊……」

萊德臉上早已汙濁不堪，不知是被淚水、鼻涕還是鮮血混濁在一塊，幾乎難以想像這張臉原本是一張俊俏的臉。

「嗯？你怎麼會跟我求饒呢？我想一想……要不，送你下去問一問她們好了？」

法蒂娜這回瞄準著萊德的眉心，嚇得萊德絕望地哭啞了嗓子，不停大喊救命與住手。

就在這時，警笛聲刺耳又嘹亮地傳了過來。

「統統不許動！這裡是蘭提斯國際刑警大隊！」

在警笛聲之後，是有人拿著廣播器的宣告聲、越來越多人走動的聲響，以及警犬出動的吠叫。

「哎呀，看來趕上了。算你幸運撿回一條命呢，萊德。」

法蒂娜將槍收了起來，一副事不關己地看著匍匐在地的萊德。很快地，穿著制服的警察們來到法蒂娜等人面前，將萊德銬上手銬後送上擔架，關進了救護車之中。

「妳還真是不手軟啊，法蒂娜。妳是真心要取萊德的命嗎？」

一道熟悉的男性嗓音傳了過來，法蒂娜回頭一看，嘴角微微上揚：「你說呢，相馬時夜？不對，該稱呼你國際刑警隊長大人吧？」

內穿國際刑警制服，外穿一件經典卡其色長版風衣的男人，相馬時夜苦苦一笑，對著法蒂娜搖了搖頭。

「我對所有的渣男都深惡痛絕，但趕盡殺絕的話，就看心情了。」

The Villain Earl's
Discipline Diary

尾聲

蘭提斯國際刑警組織，是蘭提斯大陸上獨立出來的執法機關，成員和資金分別來自各國，目的就是為了打擊國際犯罪。

相馬時夜是蘭提斯國際刑警組織的一位中堅分子，除了情資特搜之外，緝毒這一塊也是他的拿手領域。

相馬時夜從蘭提斯國際刑警組織海斯王國分處的辦公室走出來，他穿著一身深藍色的刑警制服，外面搭著一件風衣，一手拿著咖啡，爬上樓梯，最後推開一扇通往陽臺的門。

「大忙人終於來了啊，相馬時夜。」法蒂娜早已在陽臺等候多時，她一聽到開門的聲音便轉過身去，笑著對相馬時夜說。

「別挖苦我了，法蒂娜，再忙還不是忙著處理妳丟給我的案子。」相馬時夜嘆了一口氣，走近法蒂娜，兩人就這樣依靠著陽臺牆壁。

「啊，所以我特地來這裡聽一聽偵查的結果。」

「妳應該早就知道了吧？不然當初就不會讓我查驗那包東西。」相馬時夜先喝了一口咖啡，反問法蒂娜。

「誰知道呢，總之是有用的證據就夠了。」

「檢驗出來是一級毒品，上頭有萊德的指紋，雷妮也作為證人，萊德的爵位應該會被革除。不過……」相馬時夜突然停頓了一下，鏡片下的雙眼若有所思，「殺人罪名暫時還無法成立，有點困難。」

「就算有我錄音筆的內容，也沒有辦法作為證據進一步確立罪名？再說，那些受害者的屍體就血淋淋地棄置在萊德名下的垃圾處理場啊。」聽到相馬時夜的回答，法蒂娜一時間有些難以接受。

「這就是現實，透過司法，很難保證正義可以完全地伸張。再怎麼說，萊德也是貴為海斯王國的侯爵，他從事這樣的犯罪行為已經許多年，這段期間也一定握有一些權貴人士的把柄。那些妳所提供的證據，上面不認為是有公信力的證據。再加上受害者仍須經由法醫解剖，所以不會那麼快將萊德定罪。」他接著又說：「坦白說，打從接了這個案子後，就感覺一直有其他勢力從中妨礙……」

「真是不意外的答案啊。」法蒂娜臉色一沉，背光之下，一時間看不清她的表情。

「法蒂娜，萊德只是妳『清單』上的一個目標而已，對吧？」相馬時夜轉過身，將咖啡放到陽臺欄杆上，雙手合握著杯身，「雖然釐清了第一個嫌疑人，但是，其他在『清單』上的人肯定都不好應付，像這樣的結果，可能還會反覆出現。

即使如此，妳還是要繼續追查下去嗎？」

陽臺上，吹來一陣強風，相馬時夜和雪白長髮飛舞的法蒂娜相互注視，直到法蒂娜開了口。

「這還用問嗎？我會繼續追查『清單』上的人，而我知道你也會同樣如此。」

回答完後，風嘯聲剛好過去，陽臺又重新回到微風吹拂的寧靜。

「真是懂我呢，法蒂娜，不愧我們認識了這麼久。」相馬時夜推了一下眼鏡，「有妳這句話就夠了。阻礙雖然很多，但我會繼續努力讓萊德受到應有的法律制裁。」將咖啡遞給法蒂娜後，相馬時夜又再次開口：「繼續放手一搏吧，我等著妳將『清單』上的目標交到我的手上。」

「哈，那你有得忙了，相馬時夜。」從對方手中接下咖啡，法蒂娜揚起嘴角，啜飲了一口後，邁開步伐，「我一定會找出殺害姐姐的凶手。」

一手拄著臉，慵懶卻不失大器地坐在鋪著天鵝絨的大椅上，即便是夜晚時分，周遭也只有一盞鵝黃的燈光，在他身上依舊沒有看到一絲鬆懈的感覺。

他隨興地翻閱著報紙。這是一份國際性質的日報，每天會搜羅來自蘭提斯大陸各國的新聞報導。

目光搜尋著各大版面的新聞標題，最後他在一塊狹小的地方新聞版面上，停駐視線。

上面僅有一段小篇幅的報導以及一張黑白照片，在整份報紙中算是很不顯眼的存在。新聞標題寫著「亞弗伯爵公開指證海斯王國某侯爵涉嫌毒品買賣與暴力脅迫」，以及搭配著一張下方標註為「亞弗伯爵福斯特．法蒂娜」的側拍照。

閱讀者的目光持續停留在照片中的女子身上，表情若有所思。

隨後他將報紙放下，站起身，身上敞開的浴袍，露出線條分明的肌肉。浴袍隨著他的走動而輕微晃動，在接近他私密部位的隱密位置上，一道紅色如獠牙的胎記，若隱若現。

——《惡役伯爵調教日記01》完

The Villain Earl's
Discipline Diary

後記

惡役伯爵調教日記

大家好，我是好久不見的帝柳，這次很開心能再度和各位見面了！

這次獻上的作品，是我個人覺得很有趣，也一直想嘗試看看的風格——「惡役千金」！

敢愛敢恨，為了目的不擇手段，手段冷酷的女主角，加上高貴的出身和悲劇的過往，這些都是我很想挑戰的元素。說真的，這次寫下來，我真的寫得很暢快，有一種可以好好修理壞男人的感覺，是以往寫乙女向小說比較少能感受到的。

除此之外，病嬌型的黑格爾也讓我寫得很開心，和那種「得不到就毀了對方」的病態不同，他是「只要看著妳一直看著妳」就能愉悅的「法蒂娜控」。由於身分懸殊，必須隱忍著這份近乎瘋狂的愛慕，強忍壓抑但不知何時會崩潰的角色，也讓我寫得很嗨！

法芙娜跟法蒂娜之間的姐妹情誼，第一集的描述還不算太多，我想會在之後的集數中多補足一些。法芙娜可以說是天使等級的好姐姐，才會讓法蒂娜如此執著於失去她這件事。

至於第一集中比較後面才登場的人物，相馬時夜未來也會是一個很重要的角色。知道我套路（？）的朋友，應該早就猜到相馬時夜就是黑格爾的勁敵。在人

物關係上，可以說是「黑格爾↓法蒂娜↓↑相馬時夜」的關係。（等等，有人看得懂我在表達什麼嗎XD）

下一集一樣會帶給大家新的渣男關卡（笑），和更多當年法芙娜命案的線索，以及絕對會有的撩欲情節。

敬請期待囉！

我們下集見！

BY在深夜時分寫後記寫得有點亢奮的帝柳

歡迎來帝柳的粉絲團：

https://www.facebook.com/hedy690/

高寶書版集團
gobooks.com.tw

輕世代 FW337
惡役伯爵調教日記01

作　　者　帝　柳
繪　　者　深　雪
編　　輯　任芸慧
校　　對　林思妤
美術編輯　林鈞儀
排　　版　彭立瑋
企　　劃　方慧娟

發 行 人　朱凱蕾
出　　版　英屬維京群島商高寶國際有限公司臺灣分公司
Global Group Holdings, Ltd.
地　　址　臺北市內湖區洲子街88號3樓
網　　址　www.gobooks.com.tw
電　　話　(02) 27992788
電　　郵　readers@gobooks.com.tw（讀者服務部）
pr@gobooks.com.tw（公關諮詢部）
傳　　真　出版部　(02) 27990909　行銷部 (02) 27993088
郵政劃撥　50404557
戶　　名　三日月書版股份有限公司
發　　行　三日月書版股份有限公司/Printed in Taiwan
初版日期　2020年7月

國家圖書館出版品預行編目(CIP)資料

惡役伯爵調教日記 / 帝柳著.-- 初版. -- 臺北市
: 高寶國際, 2020.07-
冊；　公分. --

ISBN 978-986-361-865-2(第1冊：平裝)

863.57　　109007508

三日月書版

三日月書版

GOBOOKS
& SITAK
GROUP©